Achim Wellbrock

Zuckerstraße

23 aufeinander folgende Geschichten aus Obergrauen. Vom Leben und vom Sterben

mit einem Begleitwort von Werner Söllner, Frankfurt

Selbstverlag obergrauen.de.to

Zeichnungen auf Seite 13 und 176 und Gestaltung des Umschlags von Ilse Wellbrock, weitere Bilder auf www.obergrauen.de

Holzschnitt „Zuckerstraße" auf Seite 83 von Sylvain Henon, www.atelierhenon.de

Tu ne sais pas aimer, tu ne sais pas
Jamais, jamais, tu ne sauras

(aus einem Chanson von Damia, 1931)

1. Auflage Oktober 2012

ISBN: 978-3-00-039854-4

Preis 12 € für Endkäufer

Bestellungen (weitere Infos siehe auch unter „obergrauen.de.to") per E-Mail an obergrauen@t-online.de

Versand nach Vorkasse an Kto. 33131509

(Sparkasse Dieburg, BLZ 50852651)

Druck: VDS♣VERLAGSDRUCKEREI SCHMIDT,
    91413 Neustadt an der Aisch
    Printed in Germany

Selbstverlag obergrauen.de.to

Zuckerstraße 23 aufeinander folgende Geschichten aus Obergrauen. Vom Leben und vom Sterben

5	Begleitwort
12	Besuche bei einem Kamel
21	Adé Mathieu
29	Letzte Nacht
37	St. Agatha
47	Charlottenburger Porzellan
55	Venlo - Köln
62	Leben und Sterben des Sgt. Bragg
73	Rés
82	Zuckerstraße
93	Donnerstag
99	Der Fremde bin ich allein
115	Die Wette mit Gott
122	Ein Paar Schuhe
132	Segen der Erde
141	Zwei Enden
147	Angst
153	Monster
160	Gerechtigkeit
166	Ich fahre Taxi
177	Manchmal ist eine Geschichte ein namenloses Grab
186	Der Fluss des Lebens
191	Von Müllmenschen
200	Engel
208	Zum Schluss

Begleitwort

1.

Die ersten Geschichten von Achim Wellbrock habe ich vor gut zwei Jahren gelesen. Der Autor hatte sie an eine literarische Einrichtung geschickt, für die ich gelegentlich als eine Art Gutachter arbeite. Bei den Einsendungen, die von Zeit zu Zeit ihren Weg auf meinen Schreibtisch finden, handelt es sich zumeist um Manuskripte von Menschen, die ihre Midlife Crisis schon hinter sich haben und jetzt, „wo der Beruf einem mehr Zeit lässt", „wo die Kinder schon aus dem Haus sind", den verständlichen Wunsch spüren, „mehr aus ihrem Leben zu machen". Zum Beispiel schreibend. Allen diesen Menschen bedeutet das Schreiben viel, manche praktizieren es von früher Jugend an, aber sie haben es nicht kontinuierlich betrieben. Manche haben schon vor Jahren an die Türen des Literaturbetriebs geklopft, andere haben sich das noch nie getraut.

Meistens ist aber allen gemeinsam, dass sie drei Dinge gleichzeitig wollen: Kunde zu geben von sich und ihrem Leben; erkennen zu geben, dass sie und nur sie über ihre Erfahrungen so sprechen können, dass es noch die eigenen sind; und sie wollen Leser finden, andere Menschen, die neugierig sind auf das, was jetzt vor ihnen liegt. Sie wollen diese Leser erreichen, möglichst viele davon. Sie wollen das, was vielleicht ihr Innerstes ausmacht, öffentlich machen. Ein Buch mit ihren Geschichten oder Gedichten könnte, wenn es in einem Verlag erscheint, der entscheidende Schritt aus der Einsamkeit des Privaten in eine Art lebenslang vermisster Gemeinsamkeit sein.

Kunde zu geben vom eigenen Leben (auch wenn man vielleicht eine Geschichte über etwas erzählt, das man noch nie erlebt oder gesehen hat); so zu erzählen, dass man spürt, dass kein anderer es so erzählen kann; und schließlich andere Menschen zu erreichen, die das Geschriebene lesen und immer wieder lesen wollen. Das ist doch, könnte man meinen, das, was alle wollen, die schreiben. Da sind die Schriftsteller, die es halt können, deren Beruf das Schreiben und Veröffentlichen ist; und da sind auch die anderen, deren Texte es vielleicht nie in einen Verlag und schon gar nicht in eine Buchhandlung „schaffen".

Aber stimmt das auch? Ich glaube, nein.

Ich habe Bücher von hoch dekorierten Autoren gelesen, in denen ich nach ein paar Seiten zu erkennen glaubte, worum es hier eigentlich geht. Und meistens, wenn ich das spüre, klappe ich das Buch zu. Wenn ich spüre, dass ich unterhalten werden soll, obwohl mir nicht danach ist, lege ich das Buch beiseite, auch wenn es gerühmt wird. Wenn ich den Eindruck nicht los werde, dass ich „belehrt" statt verführt, dass ich zu einer Weltsicht „geführt" werden soll, wird das Buch in irgend ein Regal „verbannt", wo es mir nicht mehr so bald unter die Augen kommt; und wenn der Verdacht in mir aufkommt, dass der Verfasser mir seine Klugheit, seine Sprachgewandtheit und seine Einzigartigkeit vor Augen führen will, dann hat das Buch seinen Platz bei mir ganz verspielt.

Ich will damit nicht sagen, dass Authentizität ein notwendiges und schon gar nicht das wichtigste Merkmal literarischer Texte ist, die ich schätze; und ich glaube auch nicht, dass Eitelkeit allein es schaffen kann, eine Geschichte oder ein ganzes Buch in seiner Leistung zunichte zu machen. Was ich mir aber nach

Jahrzehnten des Umgangs mit Literatur und nach hunderten Büchern erlaube, ist der Luxus zu denken, dass es die besten Geschichten, die ich gelesen habe, nicht um ihrer Verfasser willen sondern um ihrer selbst willen gibt. Sie mussten erzählt werden, weil es sie in der Welt gibt; weil die Menschen, von denen sie handeln, gelebt haben oder immer noch leben – und sei es in der Einbildung der Erzähler, die sich für ihre Geschichten jemanden ausdenken mussten, weil die Geschichten jemanden brauchten, der so und nicht anders gelebt haben könnte.

Es hat also alles mit dem Leben zu tun; mit dem „richtigen" Leben. Dort fängt alles an, und dort hört es auch auf. Und dazwischen, zwischen dem Anfangen und Aufhören, gibt es meistens viel Arbeit. Viel Herumhetzen von hier nach da und zurück und wieder von vorn. Viel Stehenbleiben und Weiterlaufen und Nichtweiterkönnen. Man klopft hier, hämmert dort, repariert etwas und flucht, weil das Reparierte nach wenigen Augenblicken, Tagen, Monaten oder Jahren wieder kaputt ist (so kaputt, dass nichts mehr zu machen ist); und dann zögert man und wartet und vertut Zeit, kostbare Zeit, und da merkt man, dass man das Kaputte doch wieder hätte reparieren können, hätte man nur rechtzeitig damit angefangen. Und dann wiederum ist eine Zeitlang alles wieder wie heil. Es läuft wie geschmiert, nur dass man eigentlich nie ganz aufhören darf mit dem Suchen und Klopfen.

2.

Ja, Achim Wellbrock. Ich hatte seine Geschichten also auf dem Schreibtisch in meinem Zimmer. Ich hab sie gelesen, natürlich. Und je mehr, je länger ich gelesen habe, desto weniger wusste ich, was ich nun, sozusagen als Gutachter, dazu sagen könnte. (Gut, ich muss zugeben, dass auf einem anderen, unsichtbaren Schreibtisch in mir, andere Dinge, selbstgemachte Geschichten sich in den Vordergrund drängten. Es war als hätte ich einen Wasserschaden gehabt und als stünde ich nun da und müsste nun bei einem Nachbarn etwas zu dessen tropfendem Wasserhahn sagen.)

Ich habe aber, wie gesagt, Achim Wellbrocks Geschichten gelesen und wieder gelesen. Und mich hat das Gefühl vom ersten Augenblick an bis heute nicht verlassen: Hier schreibt einer wie jemand, der mal in einem Steinbruch gearbeitet hat.

Ein Gutachten habe ich zwar nie erstellt, aber die Sache mit dem Steinbruch habe ich Achim Wellbrock dann doch in einem Brief geschrieben. Ich glaube, ich habe ihm damit keine große Freude gemacht. Dabei war das doch in meinen Augen ein großes Kompliment.

3.
Da ist die Welt. Das Große, auf dem wir leben. So viel Kleines dabei. Nebensächliches. Warten, im Stau stehen, auf den Bus warten, einkaufen, sich mit Nachbarn herumärgern oder sich mit ihnen beim Grillen amüsieren, sich danach fragen, warum man sich letztlich geärgert oder amüsiert hat, Zähne putzen, aufs Klo gehen, ein Bier trinken, eines zu viel, vergessen, immer mehr vergessen, wo sind die Schlüssel, wo ist die Brille, so viel Schutt, so viel Schotter. Es lagert sich alles ab, meterhohe Schichten. Lange Zeit danach kommt jemand vorbei und sucht nach bestimmten Steinen und denkt sich, hier könnte ich graben. Und er fängt an und räumt den Schotter beiseite. Keine Ahnung, ob darunter, ob darin noch etwas anderes verborgen liegt. Das

andere, das wir suchen. Das Sediment einer Begegnung, die „wie vergessen" ist, fast schon eingesunken in den Schutt der Alltäglichkeiten, fast schon eines geworden damit – und dennoch erkennbar „etwas anderes". Etwas, was „herausgeholt" werden muss ans Licht des Erzählens. Ein Kind, das auf der Straße steht, und plötzlich kommt eine Fee und verwandelt das Kind in ein Kamel. Keiner sieht es, keiner weiß es. Nur das Kind, nur das Kamel. Oder der Sträfling Heinz Jendrossek. Nach der Entlassung aus der JVA begegnet er Agnes, die ist Verkäuferin in einem Metzgerladen. Agnes hat Heinz drei Frikadellen verkauft, obwohl er eigentlich nur eine wollte. Vielleicht wird aus den beiden ein Paar, man weiß es nicht, wirklich nicht. Jedenfalls treffen die beiden sich, nach dem Frikadellenkauf, auf dem Marktplatz bei Schlottermann, der jemanden kreuzigen will zur Belustigung der Passanten, die dann hoffentlich auch noch ein paar Münzen dalassen.

4.

Ich habe Achim Wellbrock also gesagt, was mir zu seinen Geschichten eingefallen ist. Die Sache mit dem Steinbruch war als Kompliment gedacht, und ich weiß nicht wirklich, wie sie angekommen ist. Jedenfalls, und da bin ich mir sicher, habe ich ein paar Kleinigkeiten auch moniert. Habe auf die eine oder andere von mir so empfundene Länge gezeigt, Kürzungen angeregt. Jedenfalls hoffe ich, dass ich nicht wie ein Klugscheißer geklungen habe. Vielleicht bin ich das, und vielleicht hat, was ich geschrieben habe, auch so geklungen, kein Wunder. Keine Ahnung. Jedenfalls hat sich aus dem ausgebliebenen Gutachten, aus dem Lesen und dem Brief darüber und all dem anderen – aus allem hat sich eine

Begegnung ergeben. Die Begegnung mit einem, so habe ich es empfunden, atemlosen Menschen; besessen, im besten Sinne, vom Leben; vom Erlebten, Vergangenen, vom In-Besitz-Genommenen; und vom Nicht-Erlebten, Möglichen. Die Begegnung mit einem Menschen, der sich selbst und alles wie alle, die ihm begegnen, ernst nimmt. Der Einwände gegen die eine oder andere Kleinigkeit an seinen Geschichten gelegentlich wegwischt mit dem Hinweis „Ich bin ja kein Schriftsteller, ich bin Sozialarbeiter". (Darf ich einwenden, dass dieser Einwand, einfach und um sieben Ecken rundheraus gedacht, ein höchst literarischer ist?)

5.

Achim Wellbrock ist also, jawohl, Sozialarbeiter. Er hat vor Jahren im Knast gearbeitet. Und hat sich, nachdem er die Menschen kennengelernt hat, die dort, im Knast gelandet sind, Gedanken über sie gemacht. Er hat nachgedacht über Schuld und Gerechtigkeit. Und dann ist er gegangen. Weggegangen aus der Knastarbeit. Er hat einen Verein gegründet, einen Verein mit dem schönen Namen „Horizont". Horizont ist etwas Entferntes, wo Horizont ist, ist viel Freiheit. Aber Horizont ist auch Grenze. Seit einiger Zeit hat Achim Wellbrock auch den Horizont überquert, jetzt macht er, im Alltag, etwas anderes. Und er schreibt.

Achim Wellbrock ist Schriftsteller. Er ist Verfasser von Geschichten, von kurzen und ganz kurzen Geschichten. Er ist Autor eines langen Romans. Er hat auch Gedichte geschrieben. Er hat ein Buch veröffentlicht, mit dem Titel „Parraxtut". Über die Zeit dieses Buches schreibt Wellbrock: „Die Zeit von damals: Zum Beispiel starben da Rudi Dutschke und Axel

Springer jun. fast am selben Tag. Reagan war Präsident. Es gab den Störfall in Three Mile Island und die Bewohner von Parraxtut wurden von Regierungssoldaten getötet und die Kinder flohen in die Wälder. Es sind Geschichten über Täter und Opfer."

Zu seinem Werk, das unter der Adresse obergrauen.de.to im Internet gelesen werden kann, schreibt Oliver Jungen von der FAZ: „Wer (…) in diese Texte hineintappt, darf sich darüber verwundert die Augen reiben, dass der uralte, sonst längst abgelegte Mythos vom Erzählen als Ordnen der Wirklichkeit an den Peripherien unserer Wahrnehmung unerschüttert weiterlebt".

6.
Ich wünsche Achim Wellbrock und seinem neuen Buch „Zuckerstraße" Erfolg und viele Leser. Es gibt heute wenige Erzähler, die mit so viel Souveränität und Geschick, mit so viel Menschenliebe und Melancholie im Steinbruch der Geschichten das Sediment des Lebens vom Schutt des Palavers freimachen können.

Werner Söllner, Frankfurt

Besuche bei einem Kamel

1

Was ist ein Kamel?

Diese Frage hatte sich Heinrich vor seinem dreizehnten Lebensjahr niemals gestellt. Doch dann, als er dreizehn war, stand er in der Lortzingstraße in Detmold auf dem Bordstein herum, schnitt Grimassen, hüpfte von einem Bein aufs andere und wusste nichts Richtiges mit sich anzufangen. Es war der erste Tag der Sommerferien. Heinrich entschloss sich eben, in den Park zu gehen, der, wenn ich es noch weiß, in der Nähe des Landesmuseums liegt. Auf der anderen Straßenseite stand ein zweiter Junge, der sich auch langweilte. Paul war ein wenig jünger als Heinrich, und hätte gern mit ihm gespielt. Ihm fehlte aber der rechte Arm, den man ihm kurz nach der Geburt amputiert hatte, und vielleicht war das der Grund, dass er sich nicht traute, den Größeren anzusprechen.

Noch bevor Heinrich aufbrechen konnte, kam eine Frau vorbei. Sie war plötzlich da und stellte sich ihm in den Weg und hob die Hand wie um zu bedeuten: Halt stopp! Ihre Füße berührten den Boden nicht ganz, als würde sie schweben. Ihr Antlitz hatte eine matte, unaufdringliche Schönheit, und ihr Alter war nicht abzuschätzen. Sie trug ein langes Gewand wie früher die Griechen und hatte Bänder im Haar. Sie sagte kein Wort und lächelte nur. Sie sah Heinrich an. Ganz offensichtlich war sie nur seinetwegen hier und hatte einen Auftrag. Er war darüber sehr erstaunt, sah sie an und hielt inne.

Und dann machte sie eine blitzschnelle Bewegung mit der rechten Hand, die über seinem Kopf einen Kreis beschrieb.

"Besuche bei einem Kamel"

Danach geschah die Verwandlung. Anstatt eines dreizehn jährigen Jungen stand plötzlich auf dem Bordstein der Lortzingstraße, einer ruhigen bürgerlichen Wohnstraße nicht weit von der Innenstadt entfernt, ein Kamelkalb.
Das war er!
Diese Hexe hatte ihn tatsächlich in ein Tier verwandelt. Paul hatte alles mit angesehen. Jetzt lachte er ungläubig, aber das Lachen blieb ihm im Halse stecken. Er ging auf die andere Straßenseite rüber, wo Heinrich vorhin noch gestanden hatte, und streichelte dann das junge Tier mit der Hand, die er noch hatte, und vergaß für einen Moment seine Traurigkeit. Das war sicherlich ein Wunder, dachte Paul, das zu irgendetwas gut sein musste. Dessen Opfer war nun ein Kamel.

Nicht viele Passanten durchquerten die Lortzingstraße an diesem Samstagvormittag. Doch die, die kamen, waren überrascht, das Kamelkalb zu erblicken, an dessen Seite ein Junge stand und es streichelte.
„He", fragte ein vorbeikommender Geschäftsmann, der einen Dokumentenkoffer in der Hand hin und her schlenkerte, „was ist denn das?"
Der einarmige Junge antwortete: „Das ist Heinrich. Den hat eine Fee verzaubert."
Da lachte der Geschäftsmann gutmütig und sagte: „Na klar…"
Danach ging er schnell weiter und schüttelte lachend den Kopf.

Deshalb, weil er anfangs jedem diese unglaubliche Geschichte erzählte, kam der einarmige Paul nicht in die Psychiatrie. Doch im Laufe der nächsten zwei, drei Jahre stellte man fest, dass er wegen seiner Depressionen unbedingt psychotherapeutische

Hilfen und entsprechende Medikamente brauchte. All dies wurde ihm in einem Krankenhaus verabreicht, das man mitten auf dem flachen Land erbaut hatte. Es war umgeben von Weiden, auf denen Münsterländer Pferde grasten. Und der einarmige Junge sah zum Fenster hinaus, meist traurig, beobachtete die verspielten Fohlen, die um ihre Mütter herumliefen, doch bisweilen hellten sich seine Züge auf, wenn er an Heinrich dachte und dessen Verwandlung in ein Kamelkalb, und er sah klarer und dachte: „Ich bin gar nicht allein gemeint. Das ist unser aller Schicksal, und die Dinge sind überdies oft anders, wie sie scheinen." Auch wenn er dabei vor sich hin grinsen und den Kopf wiegen musste, weil es einfach so unglaublich war, war er nicht schadenfroh. Er konnte es nicht genau erklären. Er war nicht der einzige schadhafte Mensch auf dieser Welt. Die Verwandlung in ein Kamel hätte die meisten Jungen treffen können, auch ihn. Doch er war dieses eine Mal verschont geblieben. Die Verwandlung war sicherlich auch keine richtige Strafe. Aber was war sie? Inzwischen, dachte Paul, musste Heinrich ein großes Tier geworden sein. Auch er war mittlerweile älter geworden. Nur ich allein weiß, dass die Angelegenheit nicht mit rechten Dingen zugegangen ist, dachte er, aber keiner glaubt mir. Was soll ich sagen?

4

In den Straßen von Detmold, einer kleinen Residenzstadt im Ostwestfälischen, hatten Passanten ein Kamelkalb aufgefunden. Es stand einfach auf dem Bordstein herum, schnaubte und schien sich zu ängstigen. Mitarbeiter aus einem kleinen, ausschließlich mit Spenden betriebenen Tierpark vor den Toren der Stadt kamen mit einem 2,8-Tonner vorbei, führten das junge Tier über wacklige Bohlen auf die Ladefläche des Transporters und brachten es in den Park, wo seit ein paar Monaten ein Gehege frei war, weil der letzte Tapir an einer geheimnisvollen Krankheit gestorben war. Dieses Gehege sollte nun für viele Jahre das Zuhause von Heinrich werden, dessen Eltern im Übrigen noch am Tag des Verschwindens eine Vermisstenanzeige aufgegeben hatten. Doch so sehr sie in der Folgezeit auch suchten und am Telefon die Polizeibeamten anflehten und befeuerten, noch mehr für das Auffinden des Sohnes zu tun, sie hatten niemals Erfolg. Wenn sie einmal zur Erbauung den nahen Tierpark am Stadtrand aufgesucht hätten, in dem nun das mysteriös aufgetauchte Kameltier stand und älter wurde, hätten sie es doch niemals als ihren Sohn erkannt, auch wenn die Augen dieselben geblieben waren, himmelblaue Augen, so, wie es sie bei Kamelen eigentlich nicht gibt. Doch die Eltern von Heinrich kamen nicht vorbei und schauten dem Tier in die Augen, auch wenn sich Heinrich, dem, wenn man es genau nimmt, Unrecht geschehen war, das so sehr wünschte. Aber wann gehen schon Wünsche, zumal die eines einfachen Kamels, in Erfüllung? Andere Menschen kamen natürlich, um die Tiere im Park zu besichtigen. Das Kamel war das größte aller Tiere, die es dort gab, und zusammen mit seiner geheimnisvollen Auffindungsgeschichte, von der eine Info-Tafel berichtete, war es eine Attraktion.

Anfangs hatte sich Heinrich ganz in die Nähe des Grabens gestellt, der sein Gehege von den gekiesten Fußwegen drum herum trennte. Er suchte damals noch die Nähe der Menschen. Wenn er schon nicht mehr mit ihnen zusammen sein konnte, so wollte er doch in ihrer Nähe sein, ihre Worte hören, ihre Gespräche belauschen, in denen sie sich untereinander von ihren alltäglichen Freuden und Beschwernissen berichteten. Manche der Zoobesucher wollten allerdings nicht, dass dieses große Tier allzu nah bei ihnen stand. Kamele sollen Menschen anspucken. Das soll widerlich sein. Das hatten sie gehört. Oder war das die Geschichte über Lamas oder die über Dromedare? Heinrich aber war ein normales zweihöckriges Trampeltier. Seinen Kopf hatte er meist tief geneigt und im Laufe der endlos gleichförmig verstreichenden Zeit hatte er eine Haltung gefunden, mit der er so gerade ertragen konnte, was ihm geschah. „Geh weg", schrien die Menschen, wenn er ihnen zu nah gekommen war.

Dann kam der Tag, als man ihm eine Kamelkuh ins Gehege schickte. Die war zu Besuch. Und man erhoffte sich von Heinrich, dass er ihr ein Junges machte. Alle vorherigen Versuche mit der Kuh in anderen Parks waren fehlgeschlagen. Sie wollte nicht trächtig werden. Erst war Heinrich tief verwirrt, als seine Artgenossin bei ihm stand. Sie ist ein Kamel, dachte er. Doch dann sah er in ihre Augen, so himmelblau wie seine, und da wußte er, dass sie dasselbe Schicksal wie er erlitten hatte und noch jetzt in diesem Augenblick erlitt. Diese Erkenntnis half erst nicht, sondern sie machte ihn noch hoffnungsloser. Als man nach einem Monat die Kamelstute wieder aus seinem Gehege führte, hatten sich die beiden Tiere angenähert wie Sträflinge, die einer vom anderen dessen Unglück fühlten. Er sollte lange nichts mehr von ihr hören.

5

Nachdem er wieder entlassen worden war und wieder bei seinen Eltern lebte, besuchte der nun 16 Jahre alte, einarmige Junge, dessen Name Paul war, regelmäßig das Kamel im Tierpark. Seit der Verwandlung waren mittlerweile fünf Jahre vergangen. Paul war immer noch so einsam wie an dem Tag der Metamorphose von Heinrich. Er erzählte dem Kamel, dass er vermutete, dass alle anderen mit ihm nichts zu tun haben wollten, weil er nicht so wie sie war, dass das Fehlen des einen Gliedmaßes die anderen ihm gegenüber befangen machte. „Ich glaube, dass es schon welche gab, die mich mochten. Doch sie konnten einfach nicht herkommen und mir auf die Schulter klopfen und „He, Paul, altes Haus, wie geht's Deinem verbliebenen Händchen?" sagen. Denn mit so einem wie mir scherzt man nicht." Heinrich hätte ihm gern dies und das gesagt. Manchmal sind es auch nicht die Inhalte. Erst jetzt, nachdem ihm das Schreckliche passiert war, konnte er mehr von dem verstehen, was er so hörte und was sich um ihn herum ereignete. Längst wußte er, dass es Lächerlicheres und Peinlicheres gab als ein Kamel, das einmal ein Mensch gewesen war. Manche Menschen waren es, ohne dass sie durch eine Verwandlung gegangen waren. Er hätte Paul sagen können: „Gib nicht auf, Junge."

Doch vielleicht musste er das auch nicht sagen. Und es war auch so gut genug. Paul kam immer wieder her und langsam geschah in seinem Wesen eine Veränderung. Die Besuche bei dem Kamel taten eine heilsame Wirkung. Wenn dessen himmelblaue melancholische Augen auf ihm ruhten, wurde Paul ruhig und er konnte sich auf die wirklich wichtigen Dinge des Lebens besinnen. Paul wurde offener. Manchmal lachte er. Und eines Tages brachte er sogar eine hübsche Freundin in den Park mit, der er natürlich nichts von Heinrichs Geschichte erzählte. Sie hätte ihn nur für verrückt gehalten wie die anderen früher. Dies blieb jetzt ein Geheimnis zwischen den beiden.

6

Es war keine Überraschung mehr, als es dann geschah. Heinrich hatte geahnt, dass es noch einmal passieren würde. Denn eines Tages kam die Fee zurück, es war Nacht, und der Mond schien, lächelte das Tier an, als wäre sie seine Freundin, die sie nicht war, machte wieder diese schnelle Bewegung mit der Hand, und plötzlich war das Kamel verschwunden, und auf dem Lehmboden des Geheges lag ein 23jähriger Mann, dessen Kleider, die er am Leibe trug, platzten, weil er zu groß für sie geworden war. Erst langsam nahm der Mann wahr, was zum zweiten Mal mit ihm geschehen war. Er zog sich die Fetzen vom Leib und stand nackt da. Es war eine klare Vollmondnacht. Er streckte die Hände in die Höhe wie ein Sieger, allerdings einer, der sehr, sehr müde war. Niemand war in der Nähe. So schlich er sich dann heimlich aus dem Tierpark davon.

In den nächsten Tagen berichteten die Heimatzeitungen von Detmold in großer Aufmachung davon, dass das Kamel, das vor zehn Jahren in so ungewöhnlicher Art und Weise erschienen war und im Tierpark ein Zuhause gefunden hatte, nun wie vom Erdboden verschwunden war. Paul war der einzige, der genau wußte, was wieder geschehen war, als er davon hörte. Doch auch wenn Heinrich nun wieder in seiner alten Gestalt, wohl zehn Jahre älter, leben konnte, so war er, nicht nur wegen der hinzugekommenen Lebensjahre, ein anderer geworden. Er ging nicht mehr heim zu den Eltern. Er besuchte nicht die Lortzingstraße, um sie zumindest einmal heimlich zu sehen, wenn sie ihr Haus verließen, oder um Paul wiederzusehen, der damals auf der anderen Straßenseite gestanden hatte, als er verwandelt worden war. Heinrich begann eine Odyssee durch sämtliche Zoos von Deutschland, und er wäre auch noch zu den anderen in Europa und in der ganzen Welt gegangen. Er hätte in jedem Zirkus nach ihr gesucht. Denn die einzige, die ihm fehlte, war die Kamelkuh, die in Wirklichkeit ein verzauberter Mensch gewesen war. Das hatte er in ihren Augen gesehen.

Und eines Tages, als Heinrich, der nun unterwegs war, an der Ausfahrtsspur der Raststätte Gräfenhausen stand, den Daumen raus hielt, um ein Auto zu bekommen, das ihn weiter mitnehmen sollte, kam eine andere Tramperin hinzu und stellte sich so vertraulich mit dem Rücken ganz nah vor ihn, als wäre sie mit ihm bekannt und brauchte sich nicht vor ihm zu schützen. Ganz im Gegenteil, es sah aus, als wären sie ein Paar, und er wäre ihr Schutz. Sie lachte so dahin, nickte mit dem Kopf und drehte sich dann zu Heinrich um. Sie war ein Stück kleiner als er. Und er war schüchtern und die Art, wie sie Nähe suchte, nicht gewohnt. Er hatte bisher in seinem Leben noch keinen einzigen Menschen geliebt.

Dann aber sah er in ihre Augen, die jetzt auf ihn gerichtet waren. Und sie sah seine. Sie erkannten sich wieder, ohne danach ein Wort an Früher zu verlieren. Worte hatten sie bei ihrer ersten Begegnung auch nicht gehabt. Er war gerührt, dachte sich, wie schwer muss sie es gehabt haben. Endlich bin ich am Ziel. Und sie umarmten sich dann, beide etwas müde von der langen bisherigen Reise, hielten kein Auto mehr an, sondern gingen quer über die goldenen Felder rüber nach Darmstadt und später nach Obergrauen und blieben zusammen.

Adé Mathieu

1

Ich weiß noch, wie es war, als ich 15 war, ein dummer Kerl... Mein Bruder, nur ein Jahr älter, las ganz komplizierte Sachen von Le Bon und Freud und tat danach so, als würde er alles verstehen. Ich verstand nichts. Aus irgendeinem Grunde, vielleicht weil ich mich übernehmen wollte, begann ich, mir Bücher von Sartre zu kaufen, der damals schon ziemlich alt war, politisch aber noch rege. Da war so ein weißes Buch dabei, in dem beschrieb er, was er sich unter Existentialismus vorstellte. Leider verstand ich das alles nicht. Allerdings meinte ich, ein Existentialist zu sein, weil sich das Wort im Übrigen von allein erklärte. Dann kam ich auf seine Romane. Einen kaufte ich mir dann. Der hieß „Zeit der Reife". Ich fand, dieser Titel habe sehr viel mit meiner augenblicklichen Situation als 15jähriger zu tun. Und so begann ich, den zu lesen. Der Protagonist hieß, ich weiß es heute noch, Mathieu Delarue und war Lehrer. Trotz des Buchtitels, der mir eine große Nähe zu meiner eigenen Lebenssituation versprochen hatte, kam ich mit dem Roman nicht so richtig voran. Die Protagonisten, nicht nur Mathieu, auch Marcelle, Ivich, Boris, Lola und Daniel waren sehr dickfellig und träge. Sie gingen kleine Schritte, sie sprangen nie vor Übermut, und die Geschwindigkeit, mit der sie sich bewegten, war sehr gering. Es war schwer. In den Monaten, in denen ich mich mit ihnen durch die Straßen von Paris und jede neue Buchseite quälte, durchaus mit der Genugtuung desjenigen, der nicht aufgibt, las ich nichts anderes. Jede Seite, die ich nicht verstand, las ich wieder und wieder, bis ich meinte, ein Geheimnis, das mir vorher verborgen gewesen war, nun gelüftet zu haben. Nach anderthalb Jahren oder vielleicht auch zwei war ich fertig und nahm mir vor, das Buch, das nun ziemlich zerfleddert war, noch einmal zu lesen, wenn ich älter sein würde. Das habe ich dann später tatsächlich getan. Bei der zweiten Lektüre des Buches brauchte ich nicht mehr als vier Wochen. Doch da berührte es mich nicht mehr wie in meiner Jugend, obwohl ich es damals sicher nicht verstanden hatte. Vielleicht gefühlsmäßig, das schon. In meiner Jugend hat mich dieser Roman begleitet. Hartes Brot, doch ich meinte, Sartre nahe gekommen zu sein eben über diese Geschichte, die in den 30er Jahren des letzten Jahrhunderts in Paris spielte. Es war eine schwierige Anbahnung einer einseitig erklärten Freundschaft gewesen.

Als ich 16 war, also noch mitten in der Aneignung von „Zeit der Reife" steckte, trampte ich mit einem Freund nach Paris, hatte das Buch in meinem Rucksack und war festen Willens, dort auch das La Coupole aufzusuchen, wo sich Sartre ab und zu aufhalten sollte. Natürlich hatte ich von Anfang an nicht vor, mit ihm zu sprechen, ganz abgesehen auch davon, dass ich kein Französisch konnte. Ich habe es leider bis heute nicht gelernt. Erst jetzt kommt mir die Idee, dass er vielleicht Deutsch konnte, war seine Mutter doch eine geborene Schweitzer aus dem Elsass, und sein Großvater war ein Deutschlehrer, der für den Deutschunterricht sogar ein Lehrbuch geschrieben hatte. Aber ich hatte nicht vor, mit ihm zu sprechen. Im Paris des Sommers 1971 verlieren sich meine konkreten Erinnerungsfäden und verwirren sich zu einem Geflecht. Ich schlief unter der Pont Neuf oder im Park hinter der Place d'Italie. Morgens schien die Sonne, und ich war unerklärlicherweise glücklich. Ich lief durch viele

Vorkriegsstraßen, sah von der Sacre Coer runter auf die riesige leuchtende Stadt wie ein Architekt, der sie erschaffen hat, und fuhr stundenlang mit der Metro, wo es in den Abteils stank und die Leute auf dem Weg zur Arbeit Romane lasen. Ich glaube, ich war im La Coupole gewesen (sicher bin ich mir nicht) und trank dort einen Espresso. Überall, wo ich damals in Paris war, bestellte ich un café. Sicher weiß ich, dass ich den alten Mann, den ich zu treffen hoffte, nirgendwo fand. Ein Grund dafür war auch, dass ich die Suche nicht allzu akribisch und hartnäckig betrieb. Diese Eigenschaften habe ich auch bei anderen Unternehmungen in meinem Leben niemals besessen. Später verfolgte ich den weiteren Lebensweg von Herrn Sartre, las „Die Wörter" und „Der Pfahl im Fleisch", sah ihn im Fernsehen, ein kleiner Mann mit ganz dicker Brille, als man ihn filmte, wie er im Heck einer Limousine saß auf dem Weg nach Stammheim, wo er die dort einsitzenden Gefangenen besuchen und demonstrieren wollte, dass in ihren elenden Haftbedingungen das Elend der Welt manifestiert wäre. Dann stieg er aus. Er war gebeugt. Als er ein paar Jahre später starb, war meine Vorliebe für ihn erkaltet. Ich weiß nicht warum. Recht spät nach der Todesnachricht fiel mir ein, dass ich ihn nun niemals mehr im La Coupole treffen würde. Ich glaube, das Café liegt am Boulevard du Montparnasse ganz in der Nähe der Rue Huyghens, wo Mathieu Delarue vorm Krieg wohnte. Doch das Bedauern war nicht groß. Ich war älter und matter geworden und will gar nicht behaupten, dass ich reifer geworden war. Adé Mathieu!

2

Dann, ein paar Jahre später, ich war 19, zog ich in ein möbliertes Zimmer im Watzeviertel von Darmstadt, weil ich mich dort an der TH im Fachbereich Literatur eingeschrieben hatte. Studiert habe ich das Fach schließlich nie. Ich bin einfach kein Theoretiker. Während des einen Semesters, das ich in Darmstadt eingeschrieben war, arbeitete ich zuerst als Hilfsmonteur bei einer Gesellschaft, die einen Apparat errichtete, der Ionen beschleunigen sollte. Diesen Job verlor ich dann, weil ich nicht gut als Handwerker war, auch wenn ich mich ehrlich bemüht hatte, geschickt zu sein, was ich nicht bin. Danach streunte ich zwei, drei Monate in Darmstadt herum, tat nichts Richtiges und traf in dieser Zeit Anton. Er war Assistenzarzt an den Städtischen Kliniken, trank in derselben Spelunke am Riegerplatz Bier wie ich und schrieb nebenher Kurzgeschichten. Sagte er jedenfalls. Die Ähnlichkeit von Details seines Lebens mit denen des jungen Anton Tschechow fiel mir damals gar nicht auf. Ich begann erst später, die Geschichten von Tschechow zu lesen. Auch Anton in Darmstadt hatte einen löchrigen Vollbart und hatte einen traurigen Blick. Ich weiß gar nicht, ob Tschechows Blick traurig war. Aber lustig schaut er in den Fotografien, die ich von ihm kenne, nicht gerade drein.

Stundenlang saßen wir an manchen Abenden am Tresen, schwiegen anfangs, doch das Bier löste allmählich unsere Zungen. Ich dachte manchmal daran, dass Altersgenossen von mir noch ganz andere Sachen täten, sie gingen in die Disko tanzen, suchten nach einem hübschen Partner und machten Sex im Freien, auch wenn das Herz pocht vor Aufregung, dabei erwischt zu werden. Ich aber saß mit Anton oder einem anderen Gast da und wartete ab, bis die Gesprächigkeit begann. Jetzt fällt es mir ein, dass Anton niemals genau beschrieb, welche Geschichten es waren, die er angeblich mit einer alten mechanischen Schreibmaschine zu Papier brachte. Er schickte sie überall in Deutschland rum zu Verlagen und Literaturzeitschriften und bekam nie eine Reaktion. Es war so, als hätte er seine Geschichten in einen riesigen Schlund oder Vulkankrater geworfen, aus dem sie dann nie mehr auftauchten. Anton war deshalb erbost und nahm sich vor, in seiner knapp bemessenen Freizeit andere Dinge zu tun als sinnlose Geschichten zu schreiben. Er hatte auch ein Kind, erzählte er mir, einen Sohn von fünf Jahren, mit dessen Mutter er nie richtig zusammengewesen war. Er zeigte mir Bilder von dem Kleinen, Janni hieß er, ein blonder Wirbelwind, meinte Anton. Doch als ich nachfragte, gab er zu, den Sohn seit über einem Jahr nicht mehr gesehen zu haben. „Ihm geht es gut", erklärte Anton. „Ich will ihn nicht verwirren. Seine Mutter hat einen festen Freund, der sich um Janni kümmert. Der ist Schokoladenverkäufer, trinkt nur Coca Cola und sitzt jeden Abend auf dem heimischen Sofa und spielt mit dem Jungen Memory. Was will er mehr?"

„Und Du, was willst Du?" fragte ich. Da schüttelte er traurig den Kopf. Warum erzählte er mir das von seinem Sohn? Ich war doch viel jünger als er. Doch meine Traurigkeit war älter als ich selber. Die Amis flogen damals Jahr für Jahr zum Mond. Und ich ging in Darmstadt herum, mal über die Rosenhöhe, die damals noch wild war, mal an einen Teich im Herrngarten, lag auf dem Rücken und starrte in den Frühlingshimmel und wußte einfach nicht, wohin ich wollte.

3

Mathieu im Paris der dreißiger Jahre war natürlich viel erwachsener und erfahrener. Aber seine Lustlosigkeit war um keinen Deut geringer. Er will ein bisschen was mit einem viel jüngeren Mädchen, deren Eltern aus Russland geflüchtete waren.

Er will ein bisschen was von seiner Freundin, doch als die schwanger wird, kriegt er Panik. Schließlich landet er sogar beim Militär. Doch kaum hat der Krieg angefangen, hat ihn Mathieu bereits verloren. Das hatte er geahnt. Ein Freund von ihm, der schwul ist, bewirbt sich dann um die verlassene und schwangere Freundin von Mathieu, vielleicht um sich wegen seines Schwulseins zu bestrafen. Da hat sich ja bis zum heutigen Tage vieles geändert, oder? Und Mathieu ist völlig allein, ein Planet in einem leeren Universum. Soviel anders ging es mir damals in Darmstadt nicht. Sartres Geschichte führte im Grunde genommen zu nichts. Aber auch diese, die ich hier schreibe, wird zu nichts führen.

Ein halbes Jahr später begann ich, nachdem ich als Kriegsdienstverweigerer anerkannt worden war, meinen Ersatzdienst in den Städtischen Kliniken von Darmstadt. Anton hatte mir von der Stelle im Labor erzählt, und dass es keine Schichtarbeit wäre. Er selber war dort mittlerweile Laborarzt geworden. Meine Aufgabe war es, Botengänge zu verrichten und Blutproben von ambulanten Patienten in die verschiedenen Labors der Kliniken zu tragen, wo sie mit Mikroskopen und Analysegeräten untersucht werden sollten. Ich träumte mehr, als dass ich wach war. Und eines Tages geschah es, dass ich eine von mehreren Blutproben in meiner Kitteltasche vergaß und nicht austrug. Am nächsten Tag kam ich ins Labor und Anton hielt mir das Röhrchen mit dem nun unbrauchbaren Blut vor die Nase, die er in meiner Tasche gefunden hatte. Er war völlig aus dem Häuschen und schrie mich an. Ich kam mir ziemlich blöd vor. Er hatte ja recht. Aber was sollte ich noch sagen? „Jetzt müssen wir eine alte Frau aus dem hintersten Eck des Odenwalds noch einmal nach Darmstadt bestellen, " fauchte er mich an, „und ihr noch einmal Blut abnehmen. Das geht auf Deine Kappe." Ich nickte. Anton redete sich immer mehr in Rage und hatte sich schließlich entschlossen, den Regionalbetreuer für den Zivildienst anzurufen, damit ich aus seinem Labor entfernt würde. Er wollte mich nicht mehr haben. Ich wehrte mich nicht. Eigentlich, fand ich, ist es doch auch egal, wo ich arbeite. Ein bisschen betrübt war ich aber schon. Doch ich konnte mich nicht wehren. Da stand eine junge Frau auf, sie hieß Traudl und war MTA im Labor, und sprach mit Anton. Sie war ziemlich empört über seine Art, wie er mit mir umgegangen war. Ein Fehler, meinte sie, reicht aus, damit man mir den Kopf abrisse. Das wäre ungerecht und erbarmungslos. Und am Ende ihrer Rede gab Anton klein bei und beließ mich da, wo ich war. Es war eine völlig neue Erfahrung, dass sich jemand für mich einsetzt. Traudl war kein besonders hübsches Mädchen, aber sie war so lebendig und lebenslustig, dass alle Jungens in ihrer Nähe etwas mit ihr zu tun haben wollten. Ich dachte anfangs, dass sie mir deshalb geholfen hatte, weil sie in mich verliebt wäre. Doch das war es eben nicht. Es war Mitleid gewesen. Abends stellte ich mir vor, wie es sich anfühlen würde, Traudl zu küssen. Doch, um es ehrlich zu sagen, auch ich war in sie nicht verliebt. Und dann fiel mir ein abgewetztes Buch in die Hand, in der jede Menge kurze Geschichten von Tschechow drin standen. Eine handelt von Wanka, einem kleinen neunjährigen Jungen, der gegen seinen Willen bei einem viel zu strengen Lehrherrn lebt und arbeitet. Der Junge schreibt seinem Großvater einen Brief. Er erinnert sich darin, wie schön es damals daheim gewesen war und bat den Großvater, ihn zurück zu holen, damit er endlich glücklich wird. Zum Schluss steckt er den Brief in einen

Umschlag, schreibt „An den Großvater im Dorf" darauf und keine weitere Beschreibung der Adresse, weil er keine Adresse kennt, und wirft den Brief in einen Briefkasten. Er ist voller Hoffnung, dass sich sein Leben nun zum Besseren wenden möge. Nur ich, der seine Geschichte las, wusste es besser.

Dass ich Anton Tschechow in einem Café treffen würde, habe ich mir nie gewünscht. Schön wäre es trotzdem gewesen, und ich hätte mit ihm sicherlich ein paar Worte gewechselt, auch wenn ich kein Russisch kann. Aber wir hätten sicherlich eine Möglichkeit gefunden.
Eine Zeitlang habe ich mit seinem Doppelgänger in einer Spelunke Bier getrunken. Aber er war absolut nicht der echte Anton sondern viel kleinkarierter. Er hatte mich wegen einer Lappalie rausschmeißen wollen. Dass hätte ich niemals von ihm gedacht. Da war unsere Freundschaft erkaltet, man könnte auch sagen, sie war auf Normaltemperatur gebracht. Wer sich so verhält wie Anton, dachte ich, kann keine guten Geschichten schreiben. Denn das eine hätte mit dem anderen zu tun, dachte ich. Glücklicherweise war er, wie bereits erwähnt, nicht der echte und er hat mir niemals aus seinen Geschichten erzählt, die er angeblich schrieb. Sie waren sicherlich nicht gut. Die Geschichte mit dem kleinen Jungen, die mich immer noch rührt, wäre ihm nie eingefallen. Oder ich habe unrecht, weil das eine, das Leben, mit dem anderen, dem Schreiben, gar nichts zu tun hat.

Letzte Nacht

1

Als ich mit dem Fahrstuhl bis nach ganz oben hochfuhr, dachte ich mir schon, dass dies der Beginn meiner letzten Nacht sein würde. Die letzten Meter bis zum Dach nahm ich eine Treppe. Und dann war ich dort oben, wohin ich gewollt hatte, und schaute auf Obergrauen hinunter, eine kleine Stadt zwischen Darmstadt und Aschaffenburg, eine schwarze Suppe. Kein Stern stand am Himmel. Ich fühlte mich so allein, wie ich so ungeschützt auf dem Kies der Dachterrasse dieses Hochhauses stand und nach oben schaute. Ich war traurig und verletzt. Ich hatte mich schon wieder in ein Mädchen verliebt, die meine Liebe nicht erwiderte. Sie hatte nach einer ersten Begegnung, bei der ich viel zu aufgeregt und zu wenig einfühlsam gewesen war, keine zweite mehr gewollt. Dass das so gewesen war, weil mir die Leichtigkeit fehlte, machte mich traurig, denn ich wollte eigentlich ein glückliches lockeres Leben führen und kein schweres und zu ernstes, vor dem andere zurückschrecken.
Ich kann mich gar nicht mehr an das Mädchen und ihren Namen erinnern. Sicher war sie in meinen Augen schön. Nicht sie sondern die Traurigkeit, nachdem sie mich endgültig abgewiesen hatte, ist mir in Erinnerung geblieben und diese letzte Nacht oben auf dem Flachdach eines Hochhauses, wo ich am Geländer stand, mal runterspuckte, tief ein- und ausatmete und den festen Plan hatte runterzuspringen, noch bevor der nächste Tag dämmert, um diesem Scheißleben ein Ende zu setzen.
Das brachte ich mir dann in den nächsten Stunden in dieser letzten Nacht bei: entweder sofort runter oder verdammt noch

mal dableiben, bis der Tod von allein eintritt. Eigentlich war ich nicht depressiv genug dafür, es gleich zu tun, sondern nur faul und träge, mich zu ertragen. Ich wollte nicht wahrhaben, dass ich der bin, der ich bin. Ich hätte gern eine schöne Schrift gehabt, eine schöne Singstimme, hätte gern E-Gitarre gespielt und Lieder auf großer Bühne gesungen. Wenn ich es mir genau überlege, war ich nur deshalb so deprimiert, weil ich fand, nicht die Gaben zu besitzen, die mich in Stand setzen könnten, ein Kerl zu werden, dem die Mädchen hinterherlaufen. Denn das wollte ich auf jeden Fall sein. Und daraus ist dann tatsächlich nichts geworden.

Es war eine Sommernacht. Das weiß ich noch ganz genau. Ich musste dort oben nicht frieren. Ich hatte Zigaretten dabei und rauchte eine nach der anderen. In gewisser Weise muss ich zugeben, dass ich schon vorher geahnt hatte, wie es ausgehen würde. Nicht gewusst, aber geahnt. Sonst wäre ich nicht hoch. Ich bin ja kein Clown, der immer nur so tun will als ob. Ich will schon die ehrlichen Sachen ansagen und dann tun. Nein, der Aufstieg bis zum Dach des Hochhauses und das Verweilen dort oben, wo Kies gestreut war, der unter meinen Sohlen knirschte, war Teil meiner Entscheidung, die ich letztendlich getroffen hatte. Ich blieb Stunden dort oben, weil ich auch trotzig war. So einfach wollte ich nicht zur Tagesordnung übergehen und weiter leben. Ich wollte nicht allein sein. Doch ich musste es, weil sich im Augenblick niemand fand, der die Einsamkeit mit mir teilte. Als ich endlich wieder den Rückweg zur Erde antrat, hatte sich etwas geändert. Dem Märchen vom Zauberprinz, dem alles gelingt, wenn er will, und dem Traum davon, dass ich es bin, glaubte ich nicht mehr. Es würde keine Wunder geben. Diesen ganzen Mist von Ärger, Kummer und Enttäuschung musste ich ab sofort mit mir herumtragen wie einen Rucksack voller Steine. Als ich unten war, trat ich den Heimweg an und ging durch die dunklen Straßen des Ortes, in dem ich wohnte, nachhause. Keine Katze schlich an mir vorbei. Kaum Autos. In allen Häusern am Wegesrand war Ruh. Und dann schloss ich das Haus auf, in dem sich die Wohnung meiner Eltern befand. Sie waren erst vor kurzem dorthin gezogen und hatten nicht einmal mehr ein Zimmer für mich eingeplant. Ich durfte auf der Couch im Wohnzimmer schlafen. Doch ich sollte schon raus. Das war auch nicht schlimm, denn ich verstand mich damals überhaupt nicht mehr mit meinen Eltern. Aber was sollte ich tun? Eben hatte ich Abitur gemacht. Jemand von einer Zeitung hatte mich gefragt, was ich denn werden wollte, denn außer meinem Namen sollte auch mein Berufswunsch Teil der in der Zeitung veröffentlichten Abiturientenliste sein. Ich antwortete tatsächlich: „Philosoph!", obwohl ich natürlich nicht vorgehabt hatte, Philosophie zu studieren, doch genau das schrieb dieser Zeitungsfritze hinter meinen Namen: „Philosophie". Das hatte ich aber nicht gesagt. Schon damals wusste ich, dass dieses Studium für mich genauso unsinnig wäre wie das Studium des sich Entleerens. Man tut es einfach, ohne eine Unterrichtung darin gehabt zu haben. Wenn der Druck groß genug geworden ist, kann selbst die beste Verstopfung kein Einhalt mehr bieten. Eigentlich läuft im Leben alles von allein. Dann legte ich mich auf die Couch, schloss die Augen und schlief friedlich ein.

2

In jenem Jahr wurde Allende ermordet, von dem ich nicht viel wusste. Doch vieles, was damals in Chile vor sich ging, als er noch lebte, hatte meine Phantasie beflügelt. Ich dachte, dass es vielleicht doch möglich wäre, dass wir Menschen alle glücklich werden können, ob wir nun arm sind oder reich. Doch das war dann vorbei. Pinochet, der Mörder, ist mir seit damals zum Synonym für alles Böse und Widerliche auf der Welt geworden. Und als mir Jahre später ein junger Klugschwätzer sagte, dass das mit Pinochet und Allende, so wie es geschah, sein musste, weil es dafür eine ökonomische Notwendigkeit gegeben hätte, hätte ich ihm am liebsten eine reingehauen. Das war Blasphemie. Der hatte keine Ahnung und keine Seele.

In jenem Jahr hatte mein Vater seinen ersten Herzinfarkt. Da wohnte ich schon nicht mehr daheim. Ich hörte es aus dem Munde meiner Mutter, als sie mich anrief, und wusste nicht, was ich dazu sagen sollte. Sie hatte immer gesagt, er wäre Strandgut des Krieges gewesen. Das sagte sie bei diesem Telefonat wieder. Ich dachte mir, sie schiebt immer alles auf den Krieg, ich kann es nicht mehr hören und vergaß in den darauffolgenden Tagen, Vater im Krankenhaus zu besuchen. Aber ich wette, er hat mich auch nicht vermisst.

Damals traf ich Ulli, der mit Frauen viel erfolgreichere Erfahrungen gemacht hatte als ich, vielleicht wollte ich von ihm hören, wie das geht. Eines Tages, wir saßen in seiner Küche und tranken Kaffee, begannen wir, einen Plan zu machen. Wir wollten einen Geldboten überfallen. Ulli hatte einen im Auge. Er hatte ihn schon öfter beobachtet, wie er nach Übergabe des Geldes in einer bestimmten Bank durch das Treppenhaus eines Geschäftshauses zu seinem Auto hinunterlief. Jedes mal wäre das Treppenhaus leer gewesen. Keine Menschenseele wäre da, die Zeuge sein könnte. Wir müssten ihm nur ordentlich eins aufs Dach geben, die Geldtasche nehmen und dann mit dem frischen vielen Geld richtig umgehen können. Ulli hatte zum Beispiel vor, nach dem Coup nach Indien zu gehen, um in den Ashram eines bestimmten Yogis einzutreten, der für seine sexuelle Freizügigkeit bekannt war. Das interessierte mich auch, wobei mich Indien als solches nicht so sehr reizte. In gewisser Weise redeten wir uns richtig besoffen. Ulli sagte, der Plan müsste richtig ausgearbeitet sein. Wir dürften uns keinesfalls wie Amateure aufführen. Was wäre z.B., wenn sich der Geldbote wehren würde und sich weigerte, sich einfach umhauen zu lassen? Oder er hätte eine Pistole dabei. Die würde er sofort ziehen, wenn er sich von uns, die wir natürlich Masken trugen, bedroht fühlen würde. Was sollten wir da tun? Eine richtige Antwort fanden wir eigentlich nicht. Doch Ulli sagte, dass es das Wichtigste wäre, entschlossen zu sein. Zack, zack. „Du darfst keine Schiss haben", sagte er als der Ältere, das war der Kern seines Plans, und ich nickte. Natürlich hatte ich keine. Und moralische Bedenken hatte ich auch nicht. Schließlich war eine Bank in meinen Augen nichts weniger als eine kriminelle Organisation. Da war Ausrauben quasi Pflicht, obwohl wir das Geld nun nicht an Arme abgeben sondern selber behalten wollten. Und der Geldbote sollte nicht sterben, möglichst nicht. Und ein bisschen Gehirnerschütterung hätte noch niemandem geschadet. Naja, ich weiß nicht, ob ich es damals so gedacht habe. Ulli war ein schlauer Junge. Er studierte im zweiten Semester Architektur, ich glaube, nicht mit Hingabe. Er entwickelte den Plan bis zur Schlachtreife und setzte dann auch den Termin fest, an dem der Raub geschehen sollte. Wir verabredeten uns, am Abend vorher in einer Kneipe die letzten Details zu klären und festzulegen. Das hätten wir besser nicht tun sollen. Oder anders herum: genau dieses Detail hat uns vor dem Gröbsten bewahrt. In kurzen Worten will ich berichten, was sich in der letzten Nacht vor unserem Coup ereignete.

Ulli, der angehende Architekt, hatte eine Skizze des Tatortes gezeichnet und erklärte mir, während er die Schaumkrone von seinem Bier trank, was meine Rolle wäre. Ich müsse hinter ihm stehen. Er, Ulli, würde die Konversation mit dem Geldboten führen. Ich müsse nur hinter ihm stehen und einen Baseballschläger schwingen. „Du musst ihm Angst machen," sagte Ulli, „damit ihm sofort alle Flausen ausgetrieben werden, sich hier zu einem Helden aufzuschwingen." Ich muss schon sagen, dass mir die ganze Aktion sehr unwirklich vorkam. Doch ich sagte nicht Nein. Auch als der Wirt, ein langhaariger Kerl mit eingeschlagener Nase, fragte, ob ich noch ein Großes wollte, sagte ich nicht Nein. „Willst Du den Plan mitnehmen?" fragte mich Ulli und ich schüttelte den Kopf. Dann schwiegen wir eine Weile und zum Schluss sagte er: „Heute ist die letzte Nacht, in der wir ehrenwerte Menschen sind. Ab morgen sind wir vogelfrei und reich." Daraufhin stießen wir mit unseren Gläsern an und tranken sie aus. Genau das wollten wir werden.
Als ich am nächsten Morgen mit einem Brummschädel aufwachte und auf die Uhr sah, durchfuhr mich ein Schrecken. Ich hatte den Geldraub verschlafen. Doch mehr noch war ich erleichtert. Denn einerseits habe ich ziemlich viele Skrupel, jemandem Fremden einen Baseballschläger über den Kopf zu ziehen, und andererseits bin ich zu jener Zeit nicht sehr geldgierig gewesen. Ich hätte den Raub nicht des Geldes wegen gemacht. Die Gier auf Geld kam erst später. Ich kam damals mit dem Wenigen zurecht, das ich hatte. Warum hatte mich Ulli nicht geweckt? Auch Ulli hatte verschlafen. Er war wütend auf

mich, denn er behauptete, dass wir ausgemacht hätten, dass ich ihn aufwecken sollte und nicht umgekehrt. Ich müsste die Verantwortung für den fehlgeschlagenen Raubversuch tragen. Aber was hieß schon Verantwortung in diesem Zusammenhang? Wir haben niemals wieder einen Geldraub geplant. Auch Ulli nicht. Vielleicht hatte ich ihn fälschlicherweise für cooler gehalten, als er in Wirklichkeit war (und er mich). Trotzdem wollte Ulli nun schnell nach Indien, Hare Krischna schreien und solange mit den sich dort aufhaltenden und betenden Frauen vögeln, bis er schlagkaputt war. Als Teil seiner Reiseausrüstung lieh er sich meinen Nato-Schlafsack, ein richtig gutes Stück. „Aber pass gut auf", sagte ich, „es ist das Beste, was ich besitze." Als Ulli ein halbes Jahr später nach Darmstadt zurückkam, war der Schlafsack weg. Er beichtete mir, dass er ihn in Indien verkauft hätte. Er hätte eine Menge Geld dafür gekriegt. Entschuldigt hat sich Ulli dafür nicht. Auf die Idee, mir Schadenersatz zu leisten, kam er auch nicht. Und ich bat nicht darum. So war es doch noch zu einer Eigentumsverschiebung gekommen, leider zu meinem Nachteil.

3

In der letzten Nacht habe ich geträumt, dass ich ein ganz Neuer geworden bin. Ich träumte, ich wäre noch einmal ein junger zwanzigjähriger Mann, trüge lange braune Haare wie ein Indianer in New Mexico und wusste meinen Yankeenamen nicht mehr. Darüber war ich nicht erschreckt, weil in der Welt, in der ich in diesem Traum lebte, ein solcher Name keinen Sinn mehr machte. So geht es mir manchmal auch, wenn ich zu intensiv über all das nachdenke, was ich bin. Am Ende weiß ich meinen Namen nicht mehr. Ich fühle mich so austauschbar mit Hinz und

Kunz und weiß nicht richtig, was das Besondere an mir ist. Selbst wenn ich noch einmal von vorn anfangen könnte, wäre es mir völlig unmöglich, alles ganz anders zu machen als so, wie es nun eben war. In dieser Erkenntnis liegt etwas Tröstliches. Ich brauche keinen Lebens- oder Todesbeschleuniger. Alles wird irgendwann mal eintreten, wie es vorgesehen ist.

Ein paar Monate nach dem verpatzten Raub traf ich Helen. Sie war etwas ganz Neues in meinem Leben. Sie gefiel mir und ich fand, dass sie ganz anders war als alle anderen, und hatte nicht vor, mich ihr zu nähern oder mit irgendwelchen Zärtlichkeiten zu beginnen. Es würde eh schief gehen, so tapsig wie ich war. Und so lebten wir eine Zeitlang nebeneinander, machten gemeinsame Veranstaltungen, fuhren mit dem Bus aufs Land und wanderten über die offenen Felder und redeten in ziemlich hochtrabender Weise miteinander, als würde uns nur die letzten Dinge interessieren. Doch es war anders. Eines Nachts träumte ich, Helen und ich würden uns schon immer lieben, wir wären ein altes Liebespaar. Es war die letzte Nacht, die ich allein verbrachte. Am Abend des darauf folgenden Tages schellte es bei mir. Ich wußte nicht, wer das sein sollte, denn ich erwartete niemanden. Es war Helen, die da draußen vor dem Hoftor stand.

St. Agatha

1

Ich war 18, als ich ihn, den früheren Herrn Kaplan, noch einmal traf. Es war ein Frühlingstag. Er stand auf einer der unteren Stufen der Freitreppe, die zur Pfarrkirche von Obergrauen hinaufführte. Sie war der Jungfrau Agatha geweiht, der Schutzheiligen gegen das Feuer. Ihr hatte man, weil sie dem Christusglauben nicht abschwören wollte, vor anderthalb tausend Jahren die Brüste abgeschnitten. Und die Darstellung dieses Martyriums war im Inneren der Kirche auf einem Fenster zu besichtigen, das zum Osten hinausging. Die bunten Glasscherben waren im Laufe der vielen Jahre bleich geworden. Auf dem Fenster war nicht viel zu erkennen, ein Schwert, ein Körper, aus dem Blut tropft, das beseelte Antlitz der Heiligen. Ihre Augen und ihr Mund sind geschlossen wie in Erwartung einer großen Gnade. Da war kein Schmerz zu sehen. Ich wette, die wenigsten Kirchbesucher erkannten in dieser Darstellung die Folter, und bei Kirchenführungen würde man nicht mehr auf dieses Fenster hinweisen. Es entlarvte meines Erachtens seinen Schöpfer als jemanden, für den Schmerz noch eine ganz andere Wirkung hat, als nur weh zu tun.

Er stand auf der Freitreppe und unterhielt sich mit einer Gruppe von Frauen, die Wanderschuhe und rustikale Kleidung trugen. Vielleicht waren sie auf einer Wallfahrt, denn, das muss gesagt werden, Obergrauen ist ein

Wallfahrtsort, dessen Ursprünge in alten Zeiten liegen, in denen die Pest grassierte und die Menschen sich Hoffnung machten, ihr mit der Stiftung einer Wallfahrt zu begegnen. Plötzlich trafen sich unsere Blicke. Wie früher zwinkerte er auch jetzt mit den Augen. Das war sein Tic. Mir fiel es schwer, diesem Blick standzuhalten, weil er mich reizte, es ihm nachzutun. Auch hatte er noch einen zweiten Tic, der darin bestand, dass es in seinen Mundwinkeln zuckte und er mit den Lippen kräuselte. Er war immer ein nervöser Mensch gewesen. An diesem Tage trug er kein graues Kollarhemd mit Stehkragen, durch das er früher als Priester zu erkennen gewesen war. Er trug ein Hemd mit offenem Kragen. Er hatte ein knochiges Gesicht, und seine blonden lockigen Haare lichteten sich, sodass unter ihnen die glänzende Kopfhaut zu erkennen war. Aber die Haut seiner Wangen war noch genau so rosig wie sechs oder acht Jahren zuvor, als ich ihn eine Zeitlang gut gekannt hatte, weil er mein Erzieher gewesen war. Wir hatten im selben Haus gewohnt. Es war ein Knabenheim des Bischofs von Mainz gewesen, in dem er der Subrektor gewesen war. Eine seiner Aufgabe war, auf uns Jungen, die in diesem Haus lebten, aufzupassen und uns zu helfen, die schulischen und liturgischen Aufgaben zufriedenstellend zu erledigen. Die Sonne schien an diesem Tag. Das weiß ich noch. Andere Fußgänger, nicht nur Wallfahrer, waren unterwegs. Ein Samstag.

Mich hatte kein Schrecken durchfahren, als ich ihn erkannt hatte. Ich war nicht wütend auf ihn. Auch damals, als ich ein Kind und in seiner Gewalt gewesen war, war ich meistens nicht wütend auf ihn gewesen, nur anlässlich mancher Gelegenheiten, die sich in unserem damaligen Alltag aber regelmäßig ergaben, habe ich ihn nicht verstanden und war ärgerlich. Ich hatte den Sinn nicht verstanden, warum er so brutal werden und schlagen musste.

In diesem Heim habe ich drei Jahre gelebt. Dort habe ich bis auf Ausnahmen immer gehorcht und war bemüht, die Regeln einzuhalten insbesondere den Stundenplan des Hauses, der meinen Alltag von morgens bis abends bestimmte. Aufstehen. Kirchgang. Essenszeiten. Studienzeiten. Freizeiten und die Stunde des Zubettgehens. Regelmäßig wurde mein Kleiderspind kontrolliert, mein Schreibtisch, ob auch alles darin und darauf geordnet war. An den Sonntagen kamen meine Eltern zu Besuch, und er hatte dann freundlich mit denen gesprochen und mich gelobt. Eine Leblosigkeit hatte es in diesem großen Haus gegeben, keine Leblosigkeit des Körpers, der musste immer etwas tun, doch eine Leblosigkeit der Gefühle, des Herzens und des Temperaments.

In diesem Haus war ich wie ein Roboter gewesen. Doch ganz kann das nicht stimmen. Sonst hätte nicht ausgerechnet ich so viele Ohrfeigen und Stockschläge gekriegt. Er verlor nie die Kontrolle, wenn er schlug. Es waren zeitlich eng befristete Handlungen der Gewalt. Wenn er schlug, durfte ich nicht abducken, auch nicht zucken.

Das sah weder er gern noch sein Chef, auch ein Priester. Sich zu schützen, galt als Form der Feigheit. Und ich war bemüht, in diesem Sinne nie feige zu sein. Wenn er schlug, war es eine Körperverletzung, zu welchem Zweck auch immer, und keine Erziehungsmaßnahme. Denn bei Erziehungsmaßnahmen sollte nach deren Abschluss noch alles heil geblieben sein. Das ist bei dieser Art von Gewaltausübung niemals der Fall.

Da standen wir also am Aufgang zu einer großen Kirche, sahen uns nach Jahren wieder, und ich reichte ihm die Hand. Nicht nur mir fiel es schwer, dem Blick des anderen standzuhalten sondern auch ihm. Er sah an mir vorbei und sagte einiges Belangloses. Er fragte, wie mir es ergangen war. Und ich berichtete, dass ich eben Abitur machte und vor zwei Jahren aufgehört hatte, Fußball zu spielen. Er lächelte jetzt. Die ihn umgebenden Frauen wurden auf mich aufmerksam und musterten mich mit ernsten Gesichtern, denn ich sah nicht gerade brav aus. Meine Haare waren schulterlang und ich trug einen durchlöcherten blassgrünen Parka, dessen Reißverschluss zudem kaputt und nicht zu schließen war. Ich sah aus wie ein Verbrecher. Erst heute frage ich mich, warum ich nicht zornig war. Aber ich war es nicht, um kein Gramm. Mir tat es für ihn leid, dass er nicht anders gewesen war. Das würde er niemals mehr ändern können. Vielleicht hatte er sich verändert. Ich strengte mich an, das mühselige Gespräch mit ihm noch ein wenig in die Länge zu ziehen, weil ich das wissen wollte.

Seine Begleiterinnen gingen die Treppe hoch zur offenen Kirchtür, sich umschauend, und er war wie gelähmt durch meine Anwesenheit und konnte erst für Momente und dann für immer weitere Momente nicht weichen, als ergäben sich parallel zu unserem Dastehen immer neue Gründe, die gerade erst entstanden waren, noch etwas zu bleiben. Damals hatte ich ein Gedicht geschrieben, das mit den Worten endete. „Im Krieg habe ich gesiegt, aber der Sieger gleicht mir nicht." Ich hatte weder Jahre vorher noch jetzt Angst vor ihm empfunden, er war ein ruhiger freundlicher Mann. Plötzlich stellte er mir eine wichtige Frage. „Glaubst Du noch an Gott?" fragte er, vielleicht um den Erfolg seiner Erziehung zu überprüfen.

Ich antwortete: „Ja, ich glaube immer noch." Und das war nicht gelogen. Dieser Glauben ist mir erst später abhanden gekommen. Und dann sagte ich noch: „Ich denke oft an Ihre Predigten, Herr Kaplan. Die haben mich so berührt." Das hatten auch die anderen Schüler immer wieder gesagt, dass er der beste Prediger war. Plötzlich, während des Redens war er mitgerissen worden vom Schwung der eigenen Worte, mit denen er die Unvollstellbarkeit Gottes beschrieb und unsere Pflicht, die Suche nach ihm nie aufzugeben, auch wenn die Zeiten mal hart sind. Jeder hatte das gesagt, dass der Kaplan gute Predigten halten könnte. Am Anfang war das Wort, steht in der Bibel. Für ihn wäre es besser gewesen, wenn es dabei geblieben wäre.

Er erwiderte: „Dank Dir, mein Junge. Aber ich bin kein Kaplan mehr."

„Ah…" rief ich aus, „Sie sind Pfarrer?"
Da schüttelte er den Kopf. Seine knochigen Hände waren vor dem Bauch ineinandergerungen, als befände er sich in einem Kampf, während er sich doch bemühte zu lächeln.

Damals hatte es das Gerücht gegeben, dass er ein Verhältnis mit einer Lehrerin an der Schule begonnen hatte. Die Älteren hatten zu uns altklug gesagt, dass das gut für uns wäre. Doch es war nur ein Gerücht gewesen wie auch die Vermutung, dass er sich nach Mainz habe versetzen lassen, um so vor weiterer Sünde bewahrt zu werden. Das waren alles Gerüchte und Mutmaßungen.

Dann endlich löste sich unser beider Starre. Ich reichte ihm wieder die Hand. Ich sagte achtlos: „Auf Wiedersehen!" und hätte nicht gedacht, dass das schon bald sein sollte.

2

Ein paar Stunden später, als ich die Rheingaustraße von Obergrauen entlanglief, ziellos wie damals immer streunte ich herum, sah ich ihn durch ein Glasfenster hindurch das zweite Mal an diesem Tag. Er saß mit einer Frau und einem kleinen Junge in einem Café. Sie aßen Torte und sahen, ich konnte es kaum glauben, selig und glücklich aus, alle drei. Da lief ich auf die andere Straßenseite hinüber, ohne nachzudenken, und drückte mich eine Stunde lang in einer Hausecke herum, bis er mit den anderen beiden herauskam. Sie hielt er an der Hand, und dem Jungen legte er den Arm vorsichtig auf die Schultern, als hätte der Kleine es nötig, beschützt zu werden. Der Junge sah in etwa so aus wie ich in seinem Alter war. Die drei scherzten miteinander. Er lachte so unverkrampft, wie ich es bei ihm vorher nie gesehen hatte. Erst jetzt und durch diese Beobachtung wurde ich wütend und dachte, dass er sich vorhin für seine früheren Taten bei mir hätte entschuldigen können, wenn er gewollt hätte. Die Entschuldigung hätte nicht nur einer einzelnen Tat gelten müssen sondern dem von ihm zu verantwortenden Umstand, dass er so gewesen war, wie er gewesen war. Jetzt schien er ein ganz anderer geworden zu sein, was mich störte. Auf einmal brachte ich meine traurige Existenz, denn ich hatte damals andauernd Pech mit den Sachen, die ich mir vornahm, mit der früheren brutalen Behandlung durch ihn in Verbindung. Mir missfiel, dass es ihm entgegen des ersten Anscheins auf der Freitreppe der Kirche gut ging. Er hatte es nicht verdient. Ihm sollte es schlecht gehen. Vielleicht war die Frau seine geliebte Ehefrau und der Junge sein Sohn, auf den er stolz war, und vielleicht würde er den nicht so behandeln wie mich, obwohl das dann ungerecht wäre. Doch wahrscheinlicher schien es mir doch, dass er den Jungen schlägt. So habe ich sie an diesem Nachmittag heimlich verfolgt. Sie gingen die Straße zum Marktplatz hin, der damals ein Parkplatz gewesen war. Sicher waren sie von außerhalb gekommen und wollten nun zu ihrem Wagen und dann heim.

Manchmal hat Humor keinen Sinn mehr. Manchmal macht man keine Witze. Manchmal ist alles todernst. Manchmal ist das ganze Leben so wie ein Dostojewski-Roman, psychisch anstrengend, rettungslos und schwer, sehr schwer. So schlimm war mein Leben in diesen ganzen Tagen damals nicht gewesen. Ich hatte auch Spaß. Doch ich steigerte mich jetzt darin hinein, dass es so hart wäre oder noch so werden konnte. Und dann fehlte mir immer noch die spontane Ausbildung von Hass auf diesen ehemaligen Priester. Dann hätte ich mich rächen können. So aber blieb ich passiv. Manchmal hatte er mich so geschlagen, dass der Abdruck seiner Hand tagelang in meinem Gesicht zu sehen gewesen war wie eine Zeichnung. Manchmal hatte er einen Rohrstock benutzt und erst dann aufgehört, wenn ich zu schreien begonnen hatte. Und wenn ich nicht gleich schrie, dann bewies er Geduld und schlug solange, bis ich es endlich tat. Aber er hat nie geschrien, wenn er gewalttätig wurde. Sein Wesen war seltsam farb- und tonlos gewesen, es wirkte selbst wie eine Maschine und machte die ihm Unterworfenen auch dazu. Deshalb hatte er mir auch leid getan. Dieser verklemmte, lebensunlustige Mensch. Vielleicht, weil auch er schlimme Erlebnisse gehabt hatte oder noch schlimmere als ich, und deshalb war er nicht ganz Herr seiner selbst geworden sondern ein Getriebener, und ich hatte vermutet und zugegebenermaßen gehofft, dass er in diesem Stil sein ganzes Leben weiter machen müsste. Das wäre dann das angemessene Karma gewesen. Doch er schien jetzt, soweit ich ihn von Ferne beobachtete, ein guter Vater zu sein. Er alberte mit dem Jungen herum, lief ihm hinterher, und die Frau lachte dazu aus vollem Halse. Vielleicht waren jetzt sogar seine Tics weg. Ich hätte was dafür gegeben zu sehen, ob das so war.

Dann bogen die drei auf den Marktplatz ein. Plötzlich wie aus heiterem Himmel ein höllischer Knall. Eine Detonation. Die Erde, auf der ich ging, erbebte, und da war auf einmal ein Wind. Irgendetwas war explodiert. Er, der mich in meiner Kindheit geschlagen hatte wie ein Psychopath, blieb erst angewurzelt stehen. Dann rannte er los. Die Frau und das Kind, erstarrt wie Salzsäulen, blieben zurück. Ich lief an den beiden vorbei, um zu sehen, was los war, und stand dann auf dem großen Marktplatz, auf dem zu dieser Zeit nur ein paar Autos standen. Eins brannte lichterloh. Er, der gewesene Priester, stand in der Nähe und hatte hilflos die Arme hochgerissen. Offensichtlich war es sein Auto, das brannte.

An einem der nächsten Tage konnte ich in der Zeitung lesen, was geschehen war. Ein Ehemaliger aus dem Heim, ein paar Jahre älter war als ich und Chemiestudent, hatte einen Brandsatz am Wagen angebracht und in sicherer Entfernung gestanden, um ihn zu zünden, wenn sein Besitzer drinsäße. Doch dann hatte er einen Fehler gemacht, und die Explosion war zu früh ausgelöst worden.

Vielleicht war er zu nervös gewesen oder als Techniker nicht gut genug. Nach psychiatrischer Untersuchung hatte man ihn in die geschlossene Abteilung einer Nervenklinik eingewiesen, die ganz in der Nähe war. Das Anschlagsopfer, der einstmals vor Gott geweihte Mann, wurde in einer Zeitung dahingehend zitiert, dass er dem Attentäter verzeihen und für ihn beten würde, und er schrieb den Umstand, dass er und besonders seine Familie vor größerem Schaden bewahrt worden war, der Gnade Gottes zu. Damit hatte er völlig recht, denn verdient hatte er es nicht.

Wieder einige Monate später sah ich ihn ein letztes Mal. Da trat er tatsächlich im Fernsehen auf als Überraschungsgast auf der öffentlich zelebrierten Geburtstagsfeier eines Politikers, dessen Schulfreund er gewesen war. Offensichtlich war er mittlerweile geübt in öffentlichen Auftritten. Er gab sich charmant, ich war überrascht, und überschüttete das Geburtstagskind mit herzlichen Lobpreisungen. Er war ganz groß im Bild. Sein Gesicht war dort im Fernseher. Er sah nun ein bisschen aus wie Willem Dafoe. Ich sah ihn so genau, wie noch niemals in meinem Leben. Er hatte keine Tics mehr!!! Seine Augenlider funktionierten tadellos, zuckten nicht mehr und bewegten sich nicht schneller als üblich. Da kam mir der Verdacht, dass er den Rückfall in die Tics auf der Freitreppe zu unserer Pfarrkirche nur gehabt hatte, weil ich da gewesen und er mir begegnet war.

Charlottenburger Porzellan

1

Ich traf sie im dritten Stock einer Mietskaserne in Charlottenburg unweit des Schlosses. Es war im Sommer 77. Aber ich erzähle es besser der Reihe nach:

Ich war eben in einem alten Käfer in Westberlin, Ortsteil Charlottenburg, angekommen. Das Schloss, dachte ich, wie ich von der Straße den langen, kerzengeraden Weg zum Eingang hinuntersah, ist ein unnützer Bonzenpalast. Den sollte man abreißen. Solche Gedanken, man mag es heute nicht glauben, hatten früher viele, und sie hatten keinen Respekt. Absolut verkehrt sind die Gedanken auch heute nicht, solange es immer noch keinen Respekt für die Hütten gibt, in denen unsere Ahnen lebten und in denen Brüder von uns heute noch leben.

Nicht weit weg vom Schloss, in einer dieser Straßen in den Dekors und voller verblasster Reklameschilder aus den 50er Jahren war eine Frau vergewaltigt und getötet worden. Das jämmerliche Geschrei der im Todeskampf Unterlegenen soll weit zu hören gewesen sein. Die letzten Meter bis zum Ziel ging ich den Bürgersteig einer langen staubigen Straße entlang. Es war, als schritte ich durch einen Hohlweg. Rechts die Fassade eines klobigen Hauses, eines dieser beliebigen Graus. Links ein hoher Bauzaun aus rohen Holzlatten, auf dem Werbeplakate klebten und – ganz frisch – kleine Steckbriefe, die den Mörder suchten. Diese Steckbriefe hatte ich bereits auf dicken Laternenmasten und auf Verteilerkästen an Straßenecken gesehen. Die Bleistiftzeichnung eines nichtssagenden Gesichts.

Ich war nicht allein unterwegs. Ich trottete Elli hinterher. Sie hatte mir den Vorschlag gemacht, mal nach Berlin/West zu fahren. Das war damals eine Insel, und als Reiseziel bei jungen Leuten sehr beliebt. Elli kannte eine gute WG. Die steuerten wir nun an, betraten das Haus und stiegen alte, ausgetretene Holzstufen empor, stellten erschöpft unsere Taschen vor der Wohnungstür ab und wunderten uns über die saubergelederten Flurfenster. Durch die hatten wir einen astreinen Blick auf das gegenüberliegende Haus, das genauso aussah wie das, das uns soeben verschluckt hatte.

Ich kann mich an die Tageszeit nicht mehr erinnern. Wir brauchten nicht lange zu warten, und ein junger Mann mit kindlich weichen Zügen und rotblondem Haar öffnete. Er war der Freund von Ho, was ich noch nicht wußte. War er wirklich ihr Freund? Wenn andere dabei waren, benahmen sie sich nicht wie ein Liebespaar. Keine Zärtlichkeiten wurden ausgetauscht. Nur wenn es Zeit wurde, ins Bett zu gehen, nahmen sie denselben Weg. Ho war älter als er. Sie war auch älter als ich. Der Rotblonde hieß Horst.

Im Wohnzimmer angekommen, niedrige Sitzpolster, ein großes, schwarzes Brett als Tisch, entschuldigte er sich sofort. Er müsste noch an einem Referat arbeiten und ging hinaus.

So setzten Elli und ich uns ins Wohnzimmer hin, eben erst angekommen, und begannen sofort, uns zu langweilen, hatten noch nicht einmal die Koffer ausgepackt, fummelten mit den Händen neugierig nach allem, was Abwechslung versprach. Er würde nicht länger als eine halbe Stunde brauchen und Ho, da hörte ich ihren Namen zum ersten Mal, käme irgendwann von der Uni.

Ich fand ein Buch voller böser schlechter Geschichten von Charles Bukowski. Ich las die ersten Geschichten, in denen die ersten Dosen Bier aufgerissen wurden, und Männer, unfähig zum Beischlaf, sich mühselig einen runterholten. Mein Interesse damals wuchs von Seite zu Seite. Heute nach etlichen Jahren, muss ich gestehen, dass mich Buk nicht mehr interessiert. Wenn einer andauernd ein vollgekotztes Hemd trägt, dann riecht er es irgendwann nicht mehr. Buks Problem, dass er so sensibel ist und nicht aufhört, diesen scheußlichen Geruch wahrzunehmen.

Als Horst endlich kam, um sich um uns zu kümmern, beachtete ich ihn nicht. Buk ging gerade auf eine Hochzeit oder besser, er ging schon wieder nach hause oder besser, er fand seinen Hausschlüssel nicht mehr und soff deshalb im Rinnstein weiter, denn selbstverständlich hatte er Marschverpflegung dabei, bis die Polizei kam und ihn mitnahm. „He!" rief Horst freundlich und sacht, um endlich beachtet zu werden. „Wollt Ihr eine Tasse Tee? Ich habe welchen aus China."

Und so begann der erste Abend.

Später kam Ho. Sie hatte schwarze Haare und eine Frisur wie Cleopatra, schneeweiße Haut und eine wohlklingende Altstimme und... Es war eigentlich nichts Hochdramatisches an ihr. Sie erinnerte mich an eine Schauspielerin, die in einem alten Film als Delila dem Samson die Haare abschnitt. Ich bedauerte, nachdem der ganze Abend gelaufen war, dass sie zu Horst ins Bett ging. Aber was soll das schon heißen? Auch dadurch wird es keine melodramatische Geschichte. Aber halt! Eins nach dem anderen...

2

Nachdem wir in der Wohnung von Ho und Horst, die eigentlich

noch zwei Mitbewohner hatten, ein paar Bier getrunken hatten, wollte Horst ins Bett. Ho schlug vor, noch eine Reise durch die Berliner Nacht zu machen. Doch Elli hatte keine Lust mehr. So blieben Ho und ich übrig. Und wir zogen unsere Jacken an und gingen hinaus.

Eine ganze Nacht fuhren wir zu zweien mit der U-Bahn und den Bus durch Berlin, tranken Bier und Wodka, rauchten was, tanzten und küssten uns in einer dunklen Straße oder in den Lichteffekten einer Disko. Irgendwann saßen wir auf einer Bank und warteten auf den Stadtbus. Auf der uns gegenüberliegenden Straßenseite sahen wir eine lange hohe Mauer aus gelben Ziegelsteinen, mittendrin ein riesiges Bogentor aus der Zeit vor dem Krieg. Es war so großartig wie das Portal einer Kirche. Die Straße war breit und räkelte sich vor unseren Füßen wie ein Strand. Die Risse im Asphalt beschrieben Linien so zufällig und regellos wie die Grenzlinien von Staaten, wenn Du im Atlas nachschaust. Manche Risse waren mit Bitumen geflickt. Größere Straßenlöcher, die es auch gab, waren noch nicht geschlossen. Die ganze Szene war von Laternen taghell erleuchtet. Der Himmel war so rabenschwarz, als gäbe es ihn nicht. Und ich hatte meinen Arm über Hos Schultern gelegt.
Ich hatte sie vom ersten Augenblick an gemocht. Ihre Gestalt war wie eine Quelle von Farben. Und sie hatte eine Entschiedenheit, wenn sie etwas wollte, die man ihrer zerbrechlichen Person nicht zutraute. So sagte sie mir nebenher und ohne eine besondere Absicht damit zu verfolgen, als wir auf der Bank saßen, dass sie Horst nie verlassen würde.
Wir gingen zu zweit durch ein Kino, in dem jetzt eine Hardrockband spielte, durch ein Mitternachtscafé, die es nur in

Berlin gab, und tranken Bier, durch eine Kneipe und tranken Korn und Calvados und waren schließlich in einer Disko, in der es komisches Licht gab, lila und gelb. Die Strahlen trieben plötzlich und unvermutet aus der Wand. Ich dachte: Die sind durch die Wand hindurch geschienen. Was es doch alles gibt. Wir standen auf einer Tanzfläche, es war ausgewalztes, rostiges Blech, und umarmten uns.

Ich versuche, mir jenes Bild genau ins Gedächtnis zurückzurufen. Um uns herum waren ein paar verrückt aufgemachte Mädchen, die allein da stehende Jungens anguckten und obszöne Gesten machten. Als eine von ihnen im Rhythmus der Musik ganz nah an mir vorbei schob, liebkoste sie sich selber und lachte hysterisch. So war es. Tatsächlich, so war es. Das Mädchen hatte große Brüste und ein knappes, ärmelloses Hemd an. Es hatte dann, als dächte sie an einen Verliebten, die Augen geschlossen. In meinen Armen hielt ich Ho. Und Licht schoss aus den Wänden, lila und gelb.

„Was ist denn los?" fragte sie. Sie lächelte, und ihre Augenwinkel wurden schon faltig. So war das. Und es wurde an diesem Abend immer besser, bis wir begannen, auf den Stadtbus zu warten. „Erzähl mir, wo Du herkommst", bat sie, und es klang, dass sie vermutete, ich wäre einer ganz anderen Geschichte, vielleicht so wie Kaspar Hauser, entsprungen als alle anderen Menschen. Sie war zufrieden mit dieser Stunde, das konnte ich merken. Ich beugte mich über sie, und wir küssten uns. Es war so einer dieser wenigen unbeschwerten Augenblicke des Lebens, die schnell vergehen. „Erzähl doch mal", wiederholte sie ihre Bitte. Sie meinte es nicht böse und verstand nicht, warum ich mich sträubte.

Neben uns auf die Bank setzte sich ein Mann hin, so groß wie ein Bär, dessen Gesicht im Dunkeln blieb, während das Straßenlicht nur die äußeren Konturen des Gesichts zu einem schwachen Schimmern brachte. Der Mann war so groß, dass er Ho und mir das Licht stahl und über uns einen großen Schatten warf.

Ich fing an, Ho von meiner Kindheit zu erzählen, und sofort veränderte sich meine Laune. Sie wurde nicht besser.

Als der Bus kam, erzählte ich ihr gerade davon, dass ich es als Kind hasste, hingelegt zu werden und, bei Androhung einer Strafe, nicht aufstehen zu dürfen. „Es ist wie der Tod." sagte ich. Wir stiegen in den Bus, und als wir ausstiegen, noch einen halben Kilometer zu laufen hatten, da vorne das protzige Schloss sahen, wurde ich, von dem meine Geschichte handelte, immer älter. Ich erzählte ihr davon, dass mein Körper sich veränderte, ich wurde groß, bekam eine kratzige dunkle Stimme und hatte keinen blassen Dunst. Als mein Körper schon erwachsen war, war meine Seele noch ziemlich dumm. An der Stelle, wo neulich eine Frau im Würgegriff eines Phantoms gestorben war, erzählte ich Ho, dass ich erst sehr einsam gewesen war. Das hatte sich wieder aufgelöst, als ich mit dem Biertrinken anfing. Ho hörte mir so aufmerksam zu wie Bruce Chatwin den Aborigines.

3

Bevor wir wieder die Wohnung betraten, berührte sie mich noch einmal. Wir lehnten gegen die Flurwand und sie flüsterte: „Ich habe überhaupt keine Erinnerungen an früher wie Du... Das ist noch schlimmer. Denn das hat bestimmt einen Grund, dass ich mich nicht erinnere…"

Ich genoss es für diese Sekunde, ihren Körper zu spüren. Da flüsterte sie weiter: „Wie wirst Du in ein paar Jahren über mich erzählen? Schließlich bin ich jetzt auch eine Episode geworden."

In der Wohnung schlüpfte sie flugs durch einen Spalt in das Zimmer, das sie mit Horst teilte. Erst wollte ich ohne Zögern schnell weiter ins Wohnzimmer gehen, wo Elli lag. Doch dann lauschte ich an der Tür. Sie weckte Horst. Und dann hörte ich sie sich lieben.

Der viele Alkohol und die vielen Zigaretten, die ich über die ganze Nacht geraucht hatte, verursachten mir plötzlich Übelkeit. Und in meinem Kopf wurden unaufhaltsame Gedanken, die mich runter zogen, schneller und schneller. Ich ging ins Bad und konnte nicht kotzen. Ich legte mich bäuchlings über den Badewannenrand. Die Wanne war tief, lang und schmal und stand auf vier Füßen, die wie die von Enten aussahen. Der Druck gegen meinen Unterleib tat mir gut. Um mich herum nur weißes Porzellan. Hier mochte einst Ho gelegen haben, sich reinigend, sich pflegend. Langsam erholte ich mich. Das Wasser im Kessel des Badeofens war heiß. Ich fühlte es nebenbei mit dem einen Fuß. So drehte ich den roten Hahn auf, der über der Wanne aus der Wand wuchs, als sei er Ergebnis organischen Lebens, als würde er demnächst noch viel größer werden. Mit lautem Getöse schlug das Wasser gegen den Wannenboden auf. Ich zog mich aus und ließ mich ganz langsam in das Wasser hineingleiten. Es war so heiß! Und dann schlief ich ein und träumte, ich wäre ein anderer Mensch als der, der ich damals war. Das machte mir Angst, obwohl ich mit meinem Leben wirklich nicht zufrieden war.

Später weckte mich Ho auf. Das Wasser war inzwischen lauwarm geworden. Ich fror ein wenig, und sie lächelte mich an. Da sah ich, dass sie dabei war, zu mir in die Wanne zu kommen, denn sie öffnete bedächtig ihr Hemd. „Es ist kalt!" warnte ich sie. Sie lächelte. Sie wurde immer schöner. Ich war noch gar nicht richtig wach. Alles war ein Lächeln, das sagte: Das Leben geht gut. Sie war damals die schönste Frau der Welt. Sie hatte Haare wie Cleopatra. Und dann kam sie. Sie hatte weiße porzellanene Haut. Sie war plötzlich ein Engel geworden. Und sie tat nur das, was sie wollte. Oder war es gar nicht so, sondern nur ein Traum…

Jahre später rief sie mich an, nachdem sie zuvor ein halbes Jahr in der Psychiatrie verlebt hatte. „Ich habe gehört, Du sollst Dich sehr verändert haben", sagte sie.
„Und Du", fragte ich zurück, „bis Du immer noch so schön?"
Da lachte sie. „Ich bin alt geworden."
Danach hatte ich nicht gefragt, denn ich glaube nicht, dass die Schönheit mit dem Alter vergeht. Doch ich gab mich mit dieser Antwort zufrieden. Wir wechselten noch ein paar Worte und beendeten dann das Gespräch. Ich dachte danach noch schnell: „Der Zug, in dem wir sitzen, ist so verdammt schnell." Und vergaß Ho dann endgültig. 1983

Venlo - Köln

1

Ich saß gerade in meinem möblierten Zimmer. Und mir gegenüber saß Willi und machte ein versteinertes Gesicht. Denn ich zeichnete ihn soeben mit Kohle und hatte ihn, der das Zimmer auf der anderen Seite des Flurs bewohnte, gebeten, still zu sitzen und den Mund zu halten, auch auf keinen Fall zu lächeln, denn schließlich wollte ich kein Passbild von Willi machen sondern ein Kunstporträt. In seinem Gesicht wollte ich eine gewisse Allgemeingültigkeit unserer ganzen Generation festhalten. Die Augen nicht ganz parallel, der Blick ernst, das Gesicht unrasiert und ein Mal auf der Stirn. Willi war an diesem Tag niedergeschlagen. Denn die Erkenntnis hatte sich bei ihm durchgesetzt, dass ein weiteres Verweilen auf der Hochschule keinen Sinn mehr machte. Dieser Zustand der Niedergeschlagenheit machte ihn für mich als Modell besonders geeignet. Er hielt sich kleinlaut an meine Regieanweisungen.

So sah das aus, als Ulli eintrat, den ich im Leben erst ein- oder zweimal zuvor gesehen hatte. Ulli öffnete, ohne zu klopfen, die Tür, steckte einfach die Nase ins Zimmer und grinste. „Na, das ist ja hier wie in der Kirche", sagte Ulli, und er meinte damit die Stille und Andacht, und trat dann ein. Er hatte einen Rucksack und einen Schlafsack dabei.

Nachdem ich meinen Kohlestift hingelegt hatte und Willi aufgestanden war, hatte Ulli begonnen zu berichten, was er plante. Er wollte unbedingt nach Amsterdam und bat mich, doch bitte mitzukommen.

„Du bist lustig", sagte ich, „ich habe gar keine Zeit."

Das Ende vom Lied war, dass ich mitging. Vielleicht lag es an meiner vagen Stimmung an jenem Tag. Vielleicht wollte ich die mit dieser Spontanreise verscheuchen und etwas versuchen, egal was. Vielleicht lag es daran, dass ich einfach schlecht Nein sagen konnte und Ulli mir sympathisch war. Ich bewunderte seine Lebenskraft. Oder es lag daran, dass Willi mittlerweile die Lust verloren hatte, sich zeichnen zu lassen und ein Modell zu sein und das Zimmer verließ, ohne einen neuen Termin mit mir auszumachen.

Auf dem Weg zur Autobahnauffahrt zu Fuß durch die Innenstadt Darmstadts kamen wir am Steubenplatz vorbei. Dort, mitten auf einem Stück Wiese, lag eine Frau auf dem Rücken mit hocherhobenem puterrotem Kopf und schrie. Eine Betrunkene mit Schaum um den Mund. Ulli und ich traten näher heran und drängten andere Gaffer zur Seite. Die Frau lallte und ihre Bewegungen waren zuckend und ungelenk. Darüber hinaus war sie gerade dabei, jetzt sah ich es erst, ein Kind zu gebären!

Ihr Unterleib war frei gelegt, das Hemd hochgeschoben. Die nackten Beine, ganz weiß und dünn, waren gespreizt, und die Füße aufgesetzt. Wir traten noch näher heran. Dann, nach einer Zeit des Wartens, war plötzlich der Schädel des Kindes zu sehen, wie er sich langsam durch die Scheide der Betrunkenen hinausbewegte. Das Kind hatte lange schwarze Haare, die ganz klebrig waren. Das konnte man schon sehen, bevor es endgültig geboren war. Es war ein Arzt da, der Beistand leistete. Er drückte mit seinen Unterarmen auf ihren Bauch, wohl um dem

Kind zu helfen herauszukommen und sah von Zeit zu Zeit ärgerlich hoch zu uns Gaffern. Dann ging es schnell. Ihre Heulerei! Sie schrie: „Nein, nein!!" Sie wollte wohl gar nicht gebären. Aber das war jetzt egal. Ihre geschlossenen Augen, vielleicht war es Scham! Daran erinnere ich mich. Dieses Nein und die geschlossenen Augen. Nach wenigen Minuten war das Kind da. „Ohhh!!" riefen die Umstehenden und klatschten. Es gab keine weiteren Komplikationen. Überall Blut und ein bisschen Schleim. Das Kind, ein Junge, wurde vom Arzt einem hinzueilenden Sanitäter übergeben, der es zu einem Krankenwagen brachte, der sofort mit Martinshorn und Signallicht davonfuhr.

Währenddessen versuchte die junge Mutter, die immer noch auf dem Gras lag, etwas zu sagen. Sie hatte immer noch diesen weißen Schaum um die Lippen herum und war nicht zu verstehen. Offensichtlich verhinderte die Trunkenheit, dass sie sich verständlich artikulieren konnte. Oder es waren die Anstrengungen des Gebärens gewesen. Sie konnte einfach die Wörter nicht richtig aussprechen. Sie missrieten ihr. Und plötzlich fing sie wieder an zu schreien und brachte zu unserer aller Überraschung schnell noch ein zweites Kind zur Welt. Diesmal war kein weiterer Krankenwagen da, der Arzt hielt es überrascht in den Händen. Diesmal war es ein Mädchen.

„Das ist ja irre", sagte Ulli, „Jesus hat ein Schwesterchen bekommen." und zog mich am Ärmel. „Wir müssen weiter", sagte er. Und ich war immer noch andächtig, angewidert und maßlos erschrocken zugleich, schluckte und nickte. Es war trotz allem ein Wunder gewesen, wenn auch ein schmutziges.

An diesem Tag hatten wir Glück und wurden, nachdem wir die Autobahnauffahrt erreicht und uns dort aufgestellt hatten, nach ein paar Minuten von einem großen blauen Lkw mitgenommen. Der Fahrer furzte unentwegt und holte unter seinem Sitz zwei Pornoheftchen hervor und übergab sie uns, seinen Fahrgästen, als wollte er uns etwas Gutes tun. Es waren blutjunge Mädchen ohne Schamhaare, die immer wieder von demselben großen widerlichen Kerl penetriert wurden und dabei lächelten.

„Die sind mir zu jung", sagte ich.

„Aber das ist es doch eben", sagte der Fahrer.

Und Ulli starrte gerade aus durch die Windschutzscheibe. Ihm war die Sache peinlich. Und Ulli liebte keinen Ärger. Er wagte auch nicht, sein Heftchen auf den Boden zu pfeffern, wie ich es getan hatte, sondern hielt es mit spitzen Fingern weiterhin in den Händen. Auf dem nächsten Autobahnparkplatz hielt der Lkw an und der Fahrer forderte uns auf, auszusteigen. Offensichtlich hatte ich ihn beleidigt. In diesem komischen Rhythmus ging die Tramperei weiter. Wir hatten immer nur ganz kurze Lifts. Doch gegen Abend, als es eben zu dämmern begann, erreichten wir endlich bei Venlo die Grenze nach Holland. In einem Bürocontainer wurden wir gebeten, unsere Sachen säuberlich hinzulegen, damit diese untersucht werden und auch nach Rauschgift gefilzt werden konnten. Ulli hatte in einem Silberpapier ein Piece von zwei, drei Gramm dabei, das der Zöllner in der äußeren Brusttasche seiner Jeansjacke fand. Danach ging die Suche erst richtig los, und der Zöllner holte zur Unterstützung einen Kollegen.

„Wir dürfen ihnen nicht in den Arsch fassen. Das geht nur mit Sani." sagte der hinzugezogene Kollege ungeniert, als wären wir beide, denen man gleich den Zutritt nach Holland verwehren würde, gar nicht im Raum oder als wären wir Tiere.

Eine Stunde später trabten wir die Autobahn zurück nach Deutschland. Richtung Köln war ausgeschildert. Die hatten uns den Zutritt nach Holland verwehrt.

„Du Idiot", schrie ich. „Du hättest das Zeug besser verstecken sollen."

„Aber wer ahnt schon, dass die uns untersuchen, als wären wir die Baader-Meinhof-Bande."

Ich schüttelte den Kopf über soviel Blödheit und schritt auf dem Seitenstreifen mächtig voran, das war doch ein Scheißausflug, und Ulli hatte Schwierigkeiten, mir zu folgen. Viel zu nah an uns zischten die Autos vorbei. Sie hatten mittlerweile ihre Scheinwerfer eingeschaltet. Regen fiel. Unter einer Autobahnbrücke sahen wir direkt neben einem senkrecht aufstrebenden Brückenpfeiler einen alten Mann liegen.

„Ich sterbe", stöhnte der Mann. Es klang nicht echt.

„Aber was machen Sie hier?" fragte ich.

„Ich hätte nie gedacht, dass ich so plötzlich sterben würde. Ich wäre nie aus dem Krankenhaus geflüchtet. Sie haben mich gewarnt. Ich wäre sonst geblieben."

„Aber woher wissen Sie das?" fragte Ulli.

„Das mit dem Sterben?" fragte der Mann zurück.

Ulli nickte.

Obwohl ihn der Alte gar nicht sah, antwortete er doch: „Es ist nicht das erste mal. Ich weiß, wann es soweit ist."

Wir gingen weiter, weil wir nicht wussten, was wir sonst machen sollten. Helfen? Wie kann man einem Sterbenden helfen?

„Ich hab Euch doch gesagt, dass ich sterbe", rief uns der Alte, der auf dem Asphalt lag, hinterher, als würde er etwas von uns erwarten.

„Ja und..." rief Ulli, „Du weißt doch, wie es geht."

Und mir fiel einfach nicht ein, was ich anderes tun sollte außer zu laufen. Das war im Zweifelsfall immer das Beste. Plötzlich hielt etwa 100 Meter vor uns ein Lkw. Als wir ihn erreichten, kletterte Ulli zur Fahrertür hoch und fragte, ob wir mitgenommen werden könnten, und der Fahrer antwortete, prinzipiell ja, aber vorne hätte nur einer Platz. Der andere von uns, wer war ihm egal, müsse hinten in den Laderaum. Das war merkwürdig. Doch wir ließen uns das gefallen. Ich ging in den Laderaum, und Ulli nahm neben dem Fahrer Platz. So kamen wir bis nach Köln. Der Fahrer ließ uns in der Nähe des Doms raus. Als Ulli die Beifahrertür wieder zuschlug, lachte er auf und sagte, ohne dass der Fahrer das hören konnte: „Du armer Wixer!"

3

Die Nacht verbrachten wir in einer großen Halle im Hauptbahnhof. An allen Tischen saßen Menschen, hatten ihren Kopf auf die Tischplatte gelegt und schliefen oder taten wenigstens so. Plötzlich begann ein alter abgerissener Mann, der, nach seinem Aussehen zu urteilen, sicher jahrelang kein festes Obdach mehr gehabt hatte, „Auf der Reeperbahn nachts um halb eins" zu singen. Das hatte vorm Krieg Hans Albers gesungen. Und jetzt sang es dieser Penner. Natürlich hatte er nicht dessen kraftvolle Stimme. Es war ein Krächzen, aber niemand unterbrach ihn. Der Alte sang es innig, als würde ausgerechnet dieses Lied den ganzen Lauf seines verunglückten Lebens nachzeichnen. Ein anderer weinte sogar vor Rührung, als das Lied fertig war und schniefte. Dann schliefen wir ein. Am nächsten Tag, nachdem wir uns in der Bahnhofstoilette gewaschen hatten, in der Flugblätter herumlagen, die für den Besuch einer Hautarztpraxis ganz in der Nähe warben, und wir darauf verzichteten, irgendetwas zu essen, freundete sich Ulli mit ein paar ganz dünnen Mädchen auf der Domplatte an Die sahen wirklich nicht gesund aus, und ich nahm den Zug nachhause. Wir hatten nicht viel darüber nachgedacht, als wir uns trennten. Manchmal führen die Wege auseinander.

Wieder zuhause angekommen, klopfte ich am nächsten Tag bei Willi und bat ihn, in zehn Minuten zu kommen, denn ich wollte möglichst umgehend die Zeichnung beenden. Willi brummelte lustlos. Ich glaube, er war schon kurz vor dem Absprung und wollte bald zu seinen Eltern nach Obergrauen zurückkehren. Das hätte ich nie getan, wenn ich er gewesen wäre, weil ich einen größeren Stolz habe. Zehn Minuten später war Willi da und begann, wieder auf meine Anweisungen hin sich nicht mehr zu bewegen.

Diese Sitzung dauerte schon mehr als zwei Stunden. Ich hätte nie gedacht, dass ein Modell soviel Ausdauer haben kann wie Willi. Dann klopfte es. Ich ahnte schon, wer es war. Ulli steckte seine Nase zur Tür rein und fragte lustig: „Darf ich reinkommen?" Ich nickte. „Aber ein zweites Mal fahre ich weder nach Venlo noch nach Köln mit Dir", sagte ich. „Vergiss es."

„Das verstehe ich", sagte Ulli. „Ich hatte eigentlich vor, Dich zu fragen, ob Du mit nach Amsterdam kommst. Diesmal kommen wir an. Ich verspreche es."

Leben und Sterben des Sgt. Bragg

1

Willi gab auf. Er hatte es fern der Heimat nicht geschafft. Er beschloss, den Heimweg nach Obergrauen anzutreten und war durchaus beschämt darüber, was ihm nicht gelungen war. Doch es musste weitergehen. Alles war misslungen, und die Mutter hatte am Telefon gesagt: „Komm heim, mein Junge!"

Er hatte es auf der Uni probiert. Er hatte ein Diplom erwerben wollen. Es sollte ein Literatur-Diplom sein. Doch der letzte Test vor der eigentlichen Diplomarbeit war ganz schlecht ausgefallen. Willi hatte eine Geschichte a la Tschechow geschrieben. Doch der Professor hatte nur „Na und?" drunter geschrieben und ihn dann in seine Sprechstunde zitiert. Da saßen sie dann beide. Das Fenster seines Büros, das im Turm des Schlosses lag, ging zum Marktplatz raus. Da oben am Himmel flog eine Formation großer schlanker Kraniche vorbei, Willi folgte ihnen mit seinem Blick, und bildete ein schönes V.

„Du hast es nicht begriffen", sagte der Professor und tätschelte Willi am Arm. „Eine schöne Geschichte, ohne Zweifel. Doch sie ist nichts wert."

Willi war am Boden zerstört. Er hätte so gern gefragt, was den Wert einer Geschichte ausmacht. Doch er traute sich nicht.

„Du musst etwas anderes machen, Willi", sagte der Proff, „was machen denn Deine Eltern?"

„Ein Lebensmittelladen, in dem es immer nach altem fauligem Gemüse stinkt…"

„Kein schlechter Beruf!"

Während der Professor das sagte, lächelte er behutsam und nickte, als wäre Willi krank, und er wäre eben dabei, ihm die geeignete, aber sehr schmerzhafte Therapie zu empfehlen. Die Kraniche waren längst woanders hin fortgezogen, als Willi endlich aufstand.

Früher waren er und andere Studenten mit dem Proff in Urlaub gefahren, irgendeine dalmatinische Insel in der Adria. Beim Sonnenuntergang hatten sie am Strand gelegen und in die Ferne geschaut. Hier und da hatte es lautlosen, unaufgeregten Sex unter ihnen in den Dünen gegeben, nirgendwo gab es Ekstase und Schreie, und der Proff hatte sich Notizen gemacht. Das letzte Licht am Himmel war leicht rot gewesen und lag wie ein Gazegewebe über der Linie des Horizonts. Da oben auf einer Düne lag ein Pärchen, sie schrieb nur Gedichte, und er Geschichten a la Henry Miller, und vögelten. Es sah nicht lustig aus sondern wie die Verrichtung einer Aufgabe, die sie perfekt erledigten. Ansonsten waren alle still und fanden, dass ausgerechnet diese Stunde, die sie durchlebten, in ihrem Leben unvergesslich bleiben müsste, aus welchen Gründen auch immer.

Dieser Abend war nun etwas her. Willi dachte, während der Proff ihm gegenübersaß und ansah: Ich hasse sein mitleidiges Gesicht. Ich bin doch nicht krank. Doch in gewisser Weise war er das schon. Er war versehrt wie ein Krieger. Er hatte es, als er jung war, immer vermieden, zuviel oder gar alles einzusetzen. In gewisser Weise hatte er sich aufgespart wie eine Jungfrau. Doch das hatte er diesmal nicht getan. Er hatte es gewagt und dabei seine Unschuld verloren. Das war nicht mehr zu ändern. Die Geschichte war geschrieben und ließ sich nicht mehr aus der Welt kriegen. Sie lag auf dem Tisch des Lehrers. Willi hatte sich in die Welt hinausgewagt und eine schlechte Geschichte geschrieben, und dieser selbstgerechte Mistbock mit den dünnen hellblonden Haaren hatte ihm voll in die Eier getreten. Wie viel mühsam erfundene Geschichten hatte er dem Proff in den letzten Monaten zur Prüfung vorgelegt. Der war anfangs noch guten Mutes, dass das noch besser werden könnte. Das eine oder andere wäre ganz originell. Doch Willis Geschichten blieben in gewisser Weise immer die gleichen wie bei einem Maler, der nur die Ansicht eines bestimmten Sees in der Dämmerung malen kann. Und jetzt hatte der Meister keine Geduld mehr mit ihm. Damals auf der Insel in der Adria hätte Willi auch gern was mit dem Mädchen gehabt, die Gedichte schrieb, weil sie schön und zart war. Doch ihre Texte hatten ihn abgeschreckt, sich mehr um sie zu bemühen, weil sie so kunstvoll und geziert waren, als wären sie mit Gewalt hergestellt. Oder als wären sie aus Plastik und nicht aus lebendigen Wörtern. So hatte er es vorgezogen, sich nachts allein im Angesicht des großen Meeres einen runterzuholen.

Jetzt musste er sich eingestehen, dass er den Anforderungen nicht gewachsen war. Er hatte soviel erreichen wollen. Doch hier in Darmstadt hatte ihn keiner für voll genommen. „Ein hübscher Kerl", hatten alle gesagt. Doch das, was er gesagt hatte, hatte niemanden interessiert, als wäre er ein Idiot, eine Schlampe, über die man lacht. Er hatte auf einem Stockwerk mit Micha gewohnt, der eines Tages begann, ihn zu zeichnen.
„Du hast eine ganz außergewöhnliche Aura", hatte ihm Micha gesagt. Willi war schmal und biegsam und manchmal ließ er es zu, dass ihn Micha nackt zeichnete. Micha hatte ihm niemals erklärt, worin diese seine Aura bestehen sollte. Vielleicht hatte das nur mit seinem Äußeren zu tun. Um ihm einen Gefallen zu

tun, hatte Willi Modell gestanden, Sitzungen durchlebt, die sich Stunden lang hinzogen. Er hatte sich manchmal gar nicht mehr halten können, hätte am liebsten mal gezuckt und sich gestreckt. Doch er hatte jede Stellung solange aushalten können, wie es Micha gebraucht hatte und bis er mit der einen Kohlezeichnung fertig war, auf die dann schnell die nächste folgte.

Micha hatte es ihm nie gedankt. Er nahm die Kohlezeichnungen irgendwo hin mit und zeigte sie stolz vor und wurde gelobt. Es kam ja nie auf den drauf an, der auf dem Bild war, das interessierte keinen, sondern auf den Zeichner und seine Kunst. Doch das schöne Gesicht, auch wenn Willi es nicht selber gezeichnet hatte, war eben doch seins gewesen, nicht das von Micha, der aussah wie ein Tartar. Micha, der große Zeichner, der später dann dieser Beschäftigung auf immer und ewig abschwören würde, sah aus wie ein wilder grobschlächtiger Mann, aber Willi nicht. Willi war ein schöner Junge, auch wenn er es hasste, so zu sein. Gern wäre er anders gewesen, keine Ikone, doch das hatte er mit all jenen gemein, von denen er in den Geschichten von Isaac Singer gelesen hatte. Die handelten allesamt von Menschen, die sich nichts mehr wünschten, als einfach Menschen zu sein.

Und dann exmatrikulierte er sich, rief seine Mutter an, dass sie ihn abholen sollte. Das, was Wert hatte und sich in seinem möblierten Zimmer befand, schenkte er den anderen Jungs auf dem Flur, umarmte sie, als er ging, weinte ein paar Tränen, während er die Stiegen hinunter stieg, denn es war schade, und stand dann auf der Liebfrauenstraße mit zwei Koffern und wartete lange. Sie verspätete sich jedes Mal. Doch dann kam Mutter vorbei, und sie machte ihm keine Vorwürfe. Zuhause angekommen, sagte sie andauernd, dass er keinesfalls im

Lebensmittelgeschäft aushelfen müsste. Dafür hätte er zuviel studiert.

„Aber was soll ich tun?" fragte Willi, und da grinste Mutter und sagte: „Ich wüsste da etwas."

2

Willi hatte gar nicht gewusst, dass die Eltern sich im Laufe der Jahre einen Bestand von über dreißig Mietwohnungen zugelegt hatten. Das sollte ihre Alterssicherung sein. Doch vorläufig konnten sie daran nichts verdienen. Zins und Tilgung fraßen jeden Monat mehr als die eingenommenen Kaltmieten. Doch das sollte sich im Laufe der nächsten zwanzig Jahre ändern. „Wenn wir das noch erleben." Das hatte die Mutter noch kurz gesagt und ihm dann beschrieben, was er zu tun hatte. Sie wollte ihn zu einem Lehrgang bei der Industrie- und Handelskammer anmelden, damit er etwas über die Verwaltung von Immobilien und das Mietrecht lernen sollte. Und sie wollte unbedingt, dass er nicht mehr so bedrückt war, als hätte er den Kampf des Lebens endgültig verloren. Sie liebte ihren Sohn sehr. Sie machte sich Vorwürfe, ihm gestattet zu haben, solchen Unsinn zu machen. Wie kann man nur studieren, erlogene Geschichten zu erfinden? Der Alltag selbst hat genug Geschichten in petto, die wirklich stattgefunden haben, manchmal muss man auch sagen, leider. Besser für die Betroffenen wäre es manchmal gewesen, sie hätten nicht alles original erlebt, was ihnen geschehen ist. Und dabei dachte die Mutter an die Geschichten ihres Mannes, der acht Jahre seines Lebens gegen seinen Willen in Russland verbracht hatte, dort fast gestorben wäre und ihr von den Russen erzählt hatte, die gut zu ihm gewesen waren. Das waren die, die die gleiche Scheißarbeit in einer Zuckerrübenfabrik und in einem Erdloch machen mussten, wo Kohle drin war. Der Name Zeche verbietet sich in diesem Fall. Die Natschalniks, die ihn beaufsichtigt hatten, hatte er gesagt, waren Ratten gewesen, die gnadenlos jeden Regelverstoß verraten hatten.

„Aber die gab es doch auch in Deutschland", hatte Willi einmal eingewendet.

„Natürlich", hatte der Vater erwidert, „wo denkst Du hin. Natschalniks sind über die ganze Welt verstreut. Überall, wo ich sie treffe, hasse ich sie."

Da hätte Willi es nicht nötig gehabt zu studieren, um Geschichten zu erfinden, fand die Mutter. Es hätte in diesem Fall gereicht, dem Vater zuzuhören.

Den ersten Auftrag, den sie ihm gab, war, eine gewisse Mary Bligh zu besuchen, die seit drei Monaten keinen Pfennig Miete mehr bezahlt hatte. Mary war ein schwarzes Mädchen von zwanzig Jahren und hatte eine kleine Tochter von zwei, die sie Noemi nannte. Mary war die Frau eines GI gewesen, doch der hatte sich von ihr getrennt. Und merkwürdigerweise hatte sie daraufhin Deutschland nicht verlassen wollen sondern war geblieben. Die Mutter hatte Mary gleich sehr gern gehabt. Doch das hatte nichts damit zu tun, dass sie es grundsätzlich hasste, wenn ein Mieter nicht zahlte. „Du bist jung", sagte die Mutter, „vielleicht findest Du die richtigen Worte. Wenn das Sozialamt nicht zahlt, dann hilf ihr, einen ordentlichen Antrag zu stellen. Du hast doch Literatur studiert. Das kannst Du doch."

Willi ging also zu dieser Mieterin hin. Sie wohnte in einem Mietshaus mit fünf Wohneinheiten, die alle den Eltern gehörten. Mary wohnte unterm Dach. Doch an diesem Tag, als Willi kam, war sie nicht zuhause. Bevor er wieder wegging, schaute Willi in

den Briefkasten und musste feststellen, dass der schon lange nicht mehr geleert worden war. Da waren Briefe drin, die vor zwei Monaten abgestempelt worden waren. Von Rechts wegen hätte Willi so nicht schnüffeln dürfen. Doch er hatte eine detektivische Ader und las gern Kriminalromane von Simenon, und die Bücher von Singer beschrieben auch die eine oder andere Straftat. Singer war aber nicht sehr an der Aufklärung gelegen. Kommissar Maigret und Willi aber doch. Sie wollten den Dingen unbedingt ihr Geheimnis nehmen.
Was ist nur mit dieser Mieterin los? fragte sich Willi und klingelte kurz entschlossen bei einer anderen Mieterin im Erdgeschoss. Die sagte, dass die kleine Schwarze noch da war und die Wohnung noch bewohnte, und sie hätte ihre Kleine nicht im Griff. Die würde einen Höllenlärm machen und schreien, dass die Wände wackeln.

Damals in der zweiten Hälfte der siebziger Jahre waren noch viel mehr amerikanische Soldaten in Westdeutschland stationiert, und man traf sie überall. Am Prinzensee im Sommer, wo die jungen Leute nackt badeten, saßen sie oben an der Böschung, die runter zum Wasser führte, hatten ihren Kampfanzug noch an, tranken unheimlich viel Bier und riefen laufend „Bullshit! Bullshit! Bullshit!" Eigentlich waren sie gar nicht anders als die Jungens hier. Eben genauso kindisch. Sicher hassten sie Deutschland, weil sie hier fremd waren, und wollten unbedingt heim nach Amerika oder woanders hin. Oft sah man ihre Hubschrauber über dem See, die bisweilen sehr niedrig flogen, sei es um die Badenden zu betrachten oder den Bürgern in der Kleinstadt ein wenig Angst zu machen, oder sie dachten sich überhaupt nichts dabei, wenn sie zu niedrig flogen. Einmal, als

Willi am See gelegen hatte, war einer so tief geflogen, dass plötzlich ein großer Aufschrei laut wurde und alle, die eben noch in der Sonne gelegen hatten, aufsprangen und flüchteten. Doch die Maschine damals war nicht abgeschmiert.

Als Willi sich dann, als er eben herausgekommen war, vom Mietshaus der Eltern abwandte, hörte er das Schlagen der großen Rotorblätter. Er sah in den Himmel. Es war ein sogenannter Bananenhubschrauber, der immer tiefer runter kam. Willi konnte sogar einen Menschen in der Maschine erkennen, dessen Namen er später als den des Sergeant. Bragg kennenlernen würde.

An jenem Tag, als er versucht hatte, Mary Bligh zu besuchen, kehrte Willi nicht mehr heim. Auch am nächsten nicht. Seine Mutter war ganz verzweifelt und meldete ihn bei der Polizei als vermisst. Doch die nahmen ihre Anzeige vorerst nicht ernst. Dafür war es noch zu frisch. „Der ist jung", sagte der Polizeibeamte, der auf der anderen Seite der Theke stand. „Vielleicht ist er nur mal nach Amsterdam gefahren, naja, oder in den Süden ans Meer."

„Nein", erwiderte die Mutter, „das kann ich nicht glauben. Mein Willi macht so etwas nicht." Aber sicher war sich die Mutter auch nicht.

Zwei Monate später bekam sie einen Brief. Es war Willis Schrift. Erleichterung und Zorn hielten sich bei ihr die Waage. Wenigstens lebte er. Dann öffnete die Mutter den Umschlag und nahm drei große Bögen heraus, die allesamt mit Willis schwungvoller, schöner Schrift beschrieben waren. Und sie begann zu lesen:

3

„Liebe Mutter,

es tut mir leid, dass ich mich erst heute melden kann. Aber es ist ein Unglück geschehen, für das ich wirklich nichts kann. Du weißt, ich sollte diese eine Mieterin besuchen, die keine Miete mehr bezahlt hatte. Ich war bei ihr. Aber sie war nicht zuhause. Ihr Briefkasten quoll über. Ich habe dann erfahren, dass sie Angst hatte, überhaupt noch einen Brief zu öffnen, denn die enthielten alle etwas Schlechtes für sie. Aber das nur nebenbei. Als ich aus dem Haus trat, Du weißt, wo es liegt, geschah etwas Schlimmes. Es liegt ganz am Rande von Obergrauen. Dahinter fangen Rapsfelder an. Und hinter den Feldern ist Zimmern. Ich stand da auf dem Hof neben den überquellenden Mülleimern, und auf einmal war dieser Höllenlärm da. Ein Hubschrauber der Amis. Der kam immer tiefer. Ein Irrer, dachte ich. Auf einmal war der so tief, dass mir die Luft wegblieb. Ob er sich in einer Oberleitung verhedderte? Ich weiß es nicht. Um es kurz zu machen. Er ist abgestürzt und fiel auf Euer Haus. Das ist völlig zerstört. Drei Bewohner, die sich gerade da drin aufhielten, fanden den Tod. Auch ich, der noch ganz in der Nähe des Hauses stand, wurde schwer verletzt. Man erzählte mir, dass ein Rettungswagen mich mit Sirene und Blaulicht ins Krankenhaus gebracht hatte, wo man mir das Leben rettete auf Kosten des rechten Beins. Das mussten sie mir amputieren. Das wäre ganz zerrissen gewesen. Als ich aufwachte, war da ein freundlicher Arzt und erzählte mir, was sich Schlimmes ereignet hatte. Als er gegangen war, kam eine junge schöne Frau in mein Zimmer. Sie hatte ein kleines Mädchen dabei. Stell Dir vor, es war unsere

Mieterin Mary Bligh. Sie erzählte mir von ihrem Geliebten. Das wäre der Sgt. Bragg gewesen, der den Hubschrauber pilotierte und bis zu seinem Tod so verflucht eifersüchtig gewesen wäre. Und Mary entschuldigte sich bei mir, als hätte sie mir das Bein abgetrennt. Und dann kam sie jeden Tag vorbei, erzählte mir von sich und, als ich entlassen wurde, bat sie mich, zu ihr zu ziehen. Ja, Mutter, ich liebe sie. Solange ich bei ihr bin, kann ich nicht woanders hin. Das ist physikalisch und menschlich gar nicht möglich. Sollten wir uns doch einmal trennen, und danach sieht's momentan nicht aus, komme ich heim. Aber bitte warte nicht auf mich.

Ich liebe Dich,
Mama

Dein Sohn Willi."

Seine Mutter war von dem Brief erschüttert und irritiert. Die Nachrichten darin waren ihr völlig neu. Sie ging zu ihrem Mietshaus am Stadtrand, um es nachzuprüfen. Anders, als Willi es beschrieben hatte, war ihr Haus noch da. Es war nur eine Geschichte. Es hatte definitiv keinen Hubschrauberabsturz gegeben. Kein Mieter von ihr hatte den Tod gefunden. Mary, als sie klingelte, öffnete ihre Wohnungstür nicht. Ihr Briefkasten, als die Mutter reinschaute, war geleert. Sie klingelte Sturm, weil sie fühlte, dass hinter der Tür jemand war. Doch niemand öffnete. Da beschloss sie, die Angelegenheit einem Rechtsanwalt zu übergeben, damit er die fristlose Kündigung wegen des hohen Mietrückstandes aussprechen und die Räumungsklage einleiten sollte. Mehr als meinen guten Willen, dachte die Mutter, kann ich nicht zeigen. Aber was ist mit Willi, dachte sie. Warum schreibt er mir so eine durch und durch verlogene Geschichte? Ich als seine Mutter will doch wissen, was mit ihm ist. Als sie heimkam und die Kontoauszüge überprüfte, stellte sie fest, dass das Kreissozialamt die ausstehende Miete für Mary Bligh vollständig bezahlt hatte. Die Mutter war ratlos.

Währenddessen saß Willi in Marys Wohnung an einer Schreibmaschine und schrieb an der Geschichte seines Lebens. Er beschrieb gerade den Tag, als er aus der Narkose aufwachte, nachdem man ihm das rechte Bein ganz oben am Oberschenkel amputiert hatte. Manchmal las er Mary davon vor. Doch sie fand, dass die Geschichte großer Quatsch wäre, war aber froh, dass er da blieb. Er hatte die Sache mit dem Sozialamt für sie geregelt. Ihm hatte sie zu verdanken, dass sie keine Angst mehr haben musste, bald auf der Straße zu stehen und Noemi in ein Kinderheim geben zu müssen.

Als er mit der Geschichte seines Lebens fertig war, war Willi kurz davor, sie an seinen alten Proff zu schicken, denn er war stolz. Doch das tat er dann nicht aus demselben Grund. Er legte sie in eine Schublade und sagte zu sich: „Mal sehen…"

Dann ging er raus auf die Straße. Dort fiel ihm ein, dass er seine Krücken vergessen hatte. Aber er brauchte sie nicht mehr. Er wollte zu den Eltern und sich für alles entschuldigen. Und dann wollte er sie überraschen. Er hatte sich einen neuen Beruf ausgedacht, mit dem er in Zukunft für sich und seine neue Familie Geld verdienen wollte. Er wollte Sozialarbeiter werden. Die Eltern würden stolz auf ihn sein, hoffte er.

Rés

1

Johann Evangelist Meyer war früher kein Alkoholiker gewesen, aber dann. Für ihn war es klar, wer für diese Veränderung in seinem Leben verantwortlich war. Denn zu jener Zeit, als Reni wegging und ihn zurückließ, ist es passiert. Auf einmal verlor er völlig die Kontrolle und soff wie ein Kamel.

Warum hatte nicht alles so bleiben können, wie es gewesen war? Eine müßige Frage. Denn es war nicht so geblieben. Und er hatte sie verloren. Er, der Finanz-Inspektor, der im Finanzamt Darmstadt für die Erhebung der Grunderwerbssteuern für den Bereich Odenwald und Bergstraße zuständig war, war eines Tages von seiner Freundin davon in Kenntnis gesetzt worden, dass sie auswandern wollte.

„Auswandern?" hatte er ihr nachgeplappert, „Auswandern? Wir sind doch nicht Robinson Crusoe."

Doch er hätte gar nicht so flapsig daherreden müssen, denn es war ihr ernst.

Sie trug ein überlanges T-Shirt und hatte nichts an den Beinen. Sie saß zusammengekauert in einem Sessel im Wohnzimmer und sah ihn erwartungsvoll an. „Johann, komm doch mit. Schließlich will ich nicht vor Dir abhauen."

„Aber vor wem denn, Reni, " fragte er. „uns geht es doch gut." Reni wusste, dass Johann in der Lage war, genau solche Sätze zu sagen, die sie hasste.

„Es ist dieser Trott", sagte sie, „der frisst mich auf. Das kann ich doch nicht machen, bis ich tot bin. Hilfe!"

Hätte er sie nicht so gut gekannt, wäre er noch lästiger in sie gedrungen und hätte versucht, sie von ihrem Entschluss abzubringen. Doch er kannte sie gut genug, um das zu lassen, weil es nicht lohnte.

Sie sprang plötzlich auf und lief in ihr Schlafzimmer. Dann kam sie mit einem großen Globus zurück und deutete hier auf den Punkt, wo Rés sein müsste, das Ziel ihrer Reise, die sie bald antreten würde, der Gegenstand ihres Traumes nach einem neuen Leben. Ein Punkt inmitten des großen pazifischen Blaus. Denn nicht weniger als das wünschte sie sich. Einen nicht leichtfertigen Ortswechsel. Damals war J. E. Meyer noch kein Alkoholiker gewesen.

Bis zum Abreisetag schliefen sie täglich miteinander, vielleicht um ein wenig Vorrat anzulegen für die Zeit der Dürre, die kommen würde. Doch so schön sie war, wenn sie bei ihm lag, so war jetzt immer eine Melancholie dabei, eine Traurigkeit in jeder Umarmung. Das Ende, das Ende, das Ende war abzusehen, zwei Monate, zwei Wochen, zwei Tage, ein halber Tag …

Und dann fuhr er sie nach Bremerhaven und brachte sie an den Quai, und sie ging die Gangway hinunter aufs Schiff. Er winkte ihr noch zu, und sie winkte zurück. Und dann beobachtete er vom Hafen aus, wie langsam sich ein Schiff fortbewegt. Es hätte von ihm aus ruhig ein wenig schneller sein können. Doch er sah es noch Stunden später am Horizont. Und solange er es sah, wagte er nicht, sich fortzubewegen. Er hatte die ganze Zeit auf einem Poller gesessen. Erst gegen Abend stand er auf und war bereit, wie ein Ritter überall dort, wo es sein musste, für sie, seine immer noch geliebte Freundin, einzutreten. Nur hier an diesem Ort war es nicht mehr notwendig. Dann setzte er sich in Bewegung, fuhr nach Darmstadt zurück, kaufte sich in einem

Supermarkt ein paar Flaschen Weißwein, ging heim und bereitete alles vor, um sich ungestört und allein zu besaufen. So fing es an. Und schon nach ganz kurzer Zeit war er nicht mehr unumschränkter Herr seiner selbst.

2

Dann bekam Meyer Briefe von Reni. Es waren merkwürdige Briefe. Liebesbriefe waren es nicht. Es waren Berichte aus einer fremden Welt. Ein Eiland im Pazifik, durch dessen Mitte sich eine große Wüstenei zog, eine kalte Wüste wie die Wüste Taklamakan. Auf der einen Seite davon lebten die Einwanderer wie Reni und auf der anderen Seite die Maler. Sicher musste es auch Frauen in deren Reihen geben, damit der Fortbestand an Malern gewährleistet wäre. Oder sie stahlen sich bei den Einwanderern kleine Jungens, um sie zu nachfolgenden Malern auszubilden, die bei den Einwanderern sehr unbeliebt waren.
Reni hatte Arbeit gefunden im Sekretariat der Polizeizentrale im Herzen der Inselhauptstadt. Ihr Chef war ein altgedienter Polizist mit nur noch einem Auge, und über dem anderen hatte er eine Klappe. Er hatte Reni von einer stummen Frau daheim erzählt und einem kleinen Sohn. Und doch hatte sie das Gefühl, schrieb sie ihrem Ex, dass er ihr nachstellte. Warum schreibt sie das, dachte Meyer. Will sie mich eifersüchtig machen?

Ansonsten zog sich Meyer zurück. Er wollte auch keine andre mehr. Vielleicht wollte er sterben, hatte aber nicht den Mut, es gleich zu tun, sondern machte es mit jedem Besäufnis portionsweise. Doch eines Morgens, als er zufälligerweise einen halbwegs klaren Kopf hatte, legte er all ihre Briefe auf seinem Schreibtisch aus. Er ordnete sie nach ihrem Datum. Und dann las er noch einmal alles durch, was Reni geschrieben hatte. Es klang völlig unglaubwürdig. Doch auch faszinierend. Vielleicht sollte er ihr doch nachfolgen.

Dann klopfte es gegen das Fenster. Es war Ulli Kowalski, der sich draußen auf einen Mauervorsprung gestellt hatte, und jetzt rein sah und hektisch gestikulierte. Meyer öffnete. Ulli war arbeitsloser Architekt und jetzt sicher auf dem Weg ins Kopi, um einen sonntäglichen Frühschoppen zu machen. Eigentlich ging Meyer jedes Mal mit, wenn Ulli klopfte. Doch an diesem Vormittag, als er das Fenster geöffnet hatte, sagte er entschieden: „Nein! Ich muss etwas in Ordnung bringen."

„Hat das nicht Zeit?" fragte Ulli, der nicht gern allein trank.

„Nein!" sagte Meyer. Und Nein hieß in diesem Augenblick tatsächlich einmal Nein. So sprang Ulli wieder runter auf die Straße, und Meyer schloss das Fenster.

Also… da waren ihre Briefe. Er nahm einen Block und begann zu schreiben. Er dachte, dass er das Recht hatte, die Briefe zu nehmen. Und Meyer begann, einen semifiktionalen Roman über die Insel Rés zu schreiben, dessen Hauptakteurin eine junge Blondine namens Lisa war, die auf dem örtlichen Kriminalkommissariat arbeitete und ab und zu freudlosen Sex mit ihrem Chef hatte, dem das Ganze offensichtlich peinlich war, aber bleiben lassen konnte er es auch nicht. Es gab sehr merkwürdige Sitten, schrieb Meyer, auf Rés, kaum zu glauben, aber Lisa hatte sicherlich nicht gelogen, pardon, Reni natürlich. Reni hatte schon immer in ihrem Leben dazu gestanden, was sie gedacht, gesagt und getan hatte.

Am Abend ging Meyer an seinen Kühlschrank. Da standen noch anderthalb Flaschen Weißwein aus dem Rheingau drin. Die schüttete er aus. Doch dann rauchte er drei Zigaretten hintereinander und setzte sich wieder an seinen Schreibtisch und schrieb. Am nächsten Tag meldete er sich auf der Arbeit krank. Das war kein Problem. Ob der Berg der unbearbeiteten Grunderwerbssteuersachen nun ein halber oder ein ganzer Meter hoch war, interessierte keinen Menschen.

Am Freitagnachmittag, an diesem Tage schrieb er von morgens bis abends, schilderte Meyer, wie der einäugige Polizist den Pferdestall betritt, in dem die Polizeipferde stehen. Der Stall liegt am Rand der Inselhauptstadt da, wo die Armen leben. Und der Polizist sattelt ein Pferd, weil er mit ihm einen Ritt über den Strand machen will. Da hinten im Dunkeln gewahrt er eine Gestalt. Als er näher tritt, erkennt er seine Sekretärin, die ihm gefolgt ist, weil sie unbedingt sehen wollte, was er außerhalb des Amtes tut. Als er das Pferd gesattelt hat, setzt er sich drauf und zieht sie zu sich hoch. Und dann reiten die beiden hinaus. Der Strand von Rés ist wunderschön, feiner, ganz weißer Sand, als wäre er unberührt von den Spuren des mühsamen Lebens. Und Reni weiß in diesem Augenblick, als sie andauernd vom Pferderücken hoch- und runtergerüttelt wird, dass es gleich passieren und er sie umarmen wird. Später am Abend schaltete Meyer den Fernseher ein. Es ist der Mai des Jahres 1983. Es hat ein Massaker im Dorf Parraxtut in Guatemala gegeben. Alle Männer und Frauen, die meisten von ihnen geschändet, hat man ermordet auf dem großen Dorfplatz gefunden. Nur die Kinder nicht. Offensichtlich sind sie geflohen. Verantwortlich für die Gewalttaten soll der Präsident des Landes sein, ein Mann namens Rios Montt, im Nebenberuf Laienprediger. Der ist nun im Bild zu sehen und gibt dem Präsidenten der Vereinigten Staaten die Hand, einem sehr alten Mann, der früher Schauspieler gewesen ist.

Am darauffolgenden Montag meldete sich Meyer für eine weitere Woche krank. Mittlerweile kam ein aktueller Brief von Reni, in dem sie ihn bittet, wenn schon nicht für immer so doch wenigstens einmal zu Besuch zu ihr zu kommen. Sie habe, um nicht so allein zu sein, sich eine Katze zugelegt, die auf Rés alle keine Ohren und Schwänze haben. „Letzte Woche", schrieb Reni, „waren die Maler wieder da. Sie haben die Straße, in der ich wohne, wieder neu mit der alten Farbe angestrichen. Meine Straße ist die Dunkelblaustraße. Ich hasse diese Farbe. Ich hasse die Maler. Doch Drago, mein Chef, meinte, da könne man nichts machen. So saß ich in meiner Wohnung, hörte durchs offene Fenster den Gesprächen der Maler zu, die manchmal in eine unbekannte Sprache ausweichen und alle krächzende, hohe Stimmlagen haben, was sehr unangenehm für die Ohren ist. Meine Katze saß neben mir und ließ sich streicheln. Johann, vielleicht habe ich wirklich einen Fehler gemacht, als ich mich entschloss, hierher zu gehen. Habe ich wirklich gedacht, hier die Freiheit zu finden? Selbst der Sex, den man hier hat, ist in gewisser Weise abgeschmackt, ohne Feuer, ja, er ist fast unnötig. Ich brauche ihn nicht. Doch Dich könnte ich gebrauchen, auch wenn Du so ein Langweiler bist."

3

Tatsächlich fand Meyer, als er seinen Roman oder Tatsachenbericht, bei der Bezeichnung schwankte er noch hin und her, beendet hatte, einen rührigen Verlag, der ihn in sein Programm aufnahm. Es wurde anfangs ein eher mäßiger Erfolg. Aber immerhin. Im Verlauf der Rezeption des Buches nahm das öffentliche Interesse zu. Die entscheidende Frage war: Gibt es Rés tatsächlich? Denn die Wirklichkeit hat im Zweifelsfalle eine größere Faszination als die Phantasie. Meyer, der sich ausdrücklich zu der Möglichkeit bekannte, dass die Geschichte auf Tatsachen beruhte, verdiente durch den angestiegenen Buchverkauf regelmäßig was hinzu und sah sich in der Lage, bei seiner Dienstleitung im Finanzamt den Antrag zu stellen, auf eine halbe Stelle heruntergestuft zu werden, denn eigentlich war es egal, ob der Berg der unerledigten Grunderwerbssteuersachen nun ein oder drei Meter hoch war. Selbstverständlich hatte er daran gedacht, nach der Rés-Geschichte noch weitere zu schreiben.

Der Verlag hatte eine Lesereise für ihn organisiert. Jetzt trank er wieder ab und zu ein Gläschen Weißwein. Doch der alte Suchtdruck stellte sich glücklicherweise nicht mehr ein. Seine Lesungen hatten viel Erfolg, auch deshalb, weil Meyer, das hatte er vorher gar nicht von sich gewusst, ein guter Vorleser war. Am Ende entspann sich immer dasselbe Gespräch. Ob's wahr oder erfunden ist?

„Mal ehrlich, Herr Meyer, das ist doch alles sehr unglaubwürdig. Sie wollen mir doch nicht für wahr verkaufen, dass ihre Freundin Lisa tatsächlich auf dieser verrückten Insel lebt."

„Sie heißt Reni, " antwortete Meyer geduldig, „und sie lebt tatsächlich dort."

„Aber warum schreiben Sie, dass sie Lisa heißt?"

In etwa so entwickelte sich jede Diskussion. Meyer schaffte es niemals, seine Zuhörer vom Wahrheitsgehalt seiner Geschichte gänzlich zu überzeugen, die ansonsten nicht schlecht gefiel. Dann begann dieselbe Diskussion im Feuilleton der Zeitungen. Die meisten Literaturredakteure waren der Meinung, dass sich Meyer nur dadurch wichtig machen wollte, indem er darauf pochte, dass alles wahr wäre. Es wäre einzig und allein der Gier nach den Verkaufszahlen geschuldet. Die wären höher, wenn das Erfundene vermeintlich wahr wäre. Dabei ging völlig verloren, dass die Geschichte von Rés sehr interessant ist. Keiner stritt ab, dass der Autor ein kreativer Kopf war. Dass er im Grunde genommen nur aus den Briefen einer unbewiesenen Freundin abgeschrieben hatte, wie er behauptete, glaubte ihm eh kein Mensch.

Um diesem ganzen Fragekomplex auf den Grund zu gehen, wurde Meyer eines Tages in das Studio B des Bayrischen Rundfunks in Aschaffenburg eingeladen, um mit Kritikern und Geographen darüber zu streiten, wie groß der Anteil an Tatsächlichem in seinem Roman war. Doch Meyer, obwohl er ausdrücklich während eines Telefonats zugesagt hatte, erschien zu der Diskussion nicht. Erst rief ihn ein Mitarbeiter der Redaktion des BR an, als er nicht kam. Dann fuhr einer zu ihm nachhause. Doch dort war offensichtlich keiner. Ulli Kowalski sagte später aus, dass er an diesem Abend mit Meyer im Kopi gesoffen hatte. Es wäre sein Abschied gewesen, denn er wollte zu Reni. Danach wurde er nirgendwo mehr gesehen. Er war ab diesem Tag wie vom Erdboden verschluckt, was den Verkaufszahlen seines Romans nur gut tat.

Monate später bekam Ulli einen Brief, in dem sein alter Saufkumpan berichtete, er wäre nun auf Rés, aber die Beziehung mit Lisa wäre aus. Die hatte sich vor seiner Ankunft tatsächlich von Drago schwängern lassen. Aber vielleicht war auch nicht alles aus, und sie kämen noch einmal zusammen. Denn Drago wollte von Reni nichts mehr wissen, seitdem er, Johann Evangelist Meyer, aufgetaucht und geblieben war.

Als Ulli mit diesem Brief bei einem zuständigen Redakteur des Darmstädter Echos vorstellig wurde, um zu beweisen, dass Meyers Roman der Wahrheit entsprach, schickte der ihn sofort nach hause. „Die Meyer-Diskussion ist gelaufen", sagte der, „wir wollen die nicht noch einmal aufwärmen. Meyer ist ein Schwindler."

„Aber wollen Sie abschließend nicht wissen, ob es diese Insel vielleicht doch gibt und wie es jetzt dort unten ist. Es gibt dort merkwürdige Gebräuche…"

„Sie können viel behaupten", sagte der Redakteur, der gerade damit beschäftigt war, aus den vielzähligen Recherchen um den Verbleib der Parraxtut-Kinder einen Bericht zu machen. Die Kinder hatten sich, nachdem man sich ihrer Eltern bemächtigt hatte, um sie zu töten, im Wald versteckt und dann verirrt. Doch als die Retter kamen, um sie zurück zu holen, sind sie vor Angst noch tiefer in den Wald gelaufen, denn die Möchtegernretter waren dieselben, die ihre Eltern ermordet hatten. Nun geht man davon aus, dass die Kinder auch tot sind.

„Aber selbst wenn Sie recht hätten…" Der Redakteur war wirklich nicht bei der Sache, als er mit Ulli sprach. „Es ist mir mittlerweile schnurzegal." Er glaubte gar nicht unbedingt, dass Ulli die Unwahrheit erzählte und der Brief, den er dabei hatte, eine Fälschung war. Es interessierte ihn einfach nicht mehr.

Zuckerstraße

1

Heinz Jendrossek wurde endlich entlassen. Endstrafe. Es hatte keine Gnade gegeben. Kein Tag war ihm zur Bewährung erlassen worden. Er hatte einem Mann mit den Fäusten, mit denen er ihm die Nase brach, und den Fingern, die er ihm in die Augen stieß, so zugesetzt, dass der andere nun für seine restlichen Lebensjahre viel Misstrauen in die menschliche Natur und nur noch ein Auge hatte, weil das zweite während der Schlägerei kaputt gegangen war. Heinz erinnerte sich nicht mehr gern an diesen Kampf. Darüber hinaus empfand er durchaus Scham, denn der Anlass und das Ergebnis der Schlägerei standen in keinem vernünftigen Zusammenhang, als wäre er blöde. Der Wahnsinn, der ihn getrieben und ihm jede Selbstkontrolle geraubt hatte, war seit damals nicht mehr zurück gekehrt, und er hoffte, dass es dabei bliebe. Der Wahnsinn war für ihn so etwas gewesen wie ein von außen kommender Geist, der sich seiner bemächtigt hatte. Vier Jahre hatte er dafür bekommen. Und diese vier Jahre hatte er in der JVA Obergrauen abgesessen. Meist hatte er in der Schlosserei gearbeitet. Er konnte ja schweißen. Da musste er nicht viel quatschen.

Dann ging er durch das große blaue Tor hinaus in die Freiheit. Er hatte kein Gepäck dabei. Soweit es ihm möglich gewesen war, hatte er alle Sachen, die er besessen hatte, an Mitgefangene verschenkt.
Anders als er es sich vorgenommen hatte, ging er nicht sofort rechts zum Kiosk auf die andere Seite rüber sondern ging links

in Richtung Innenstadt durch die Altstadt und dann auf die Zuckerstraße, wo es viele Geschäfte gab. Es hatte lange gedauert, bis alle Entlassungsformalitäten erledigt gewesen waren. Er hatte mit einem Vorführbeamten von Pontius zu Pilatus laufen müssen, von der Kasse zum Sozialdienst und dann zur Vollzugsgeschäftsstelle. Eine Entlassungsadresse hatte er nicht. Doch bei der Entlassungsverhandlung hatte der Sozialarbeiter solange gebohrt, bis er ihm eine Adresse gab, die allerdings erfunden war. Denn der hatte nicht gern o.f.W. in das Formular schreiben wollen wegen der Statistik. Deshalb, und weil die Leute sich viel zu viel Zeit nahmen, war es elf Uhr geworden. Und Heinz hatte schon wieder Hunger, denn das Frühstück im Knast war immer recht früh gewesen. Er atmete die Luft der Freiheit. Aber die Freiheit schmeckte er noch nicht.

Er ging also in die Stadt hinein. Wie er so flanierte, hätte man ihn für einen Urlauber halten können. Wegen des Hungers ging er in die erstbeste Metzgerei, die auf der Zuckerstraße lag, um sich ein Brötchen mit einer Frikadelle zu kaufen. Er musste warten, bis er dran kam. Vor ihm waren zwei Hausfrauen, die offensichtlich jede für sich den ganzen Wochenverbrauch an Fleisch und Wurst einholten. Es dauerte lange, bis Heinz an die Reihe kam. Die Verkäuferin hinter dem Tresen erschien Heinz sehr schön. Sie hatte traurige Augen. Sie hatte selbst dann noch traurige Augen, wenn sie ihre Kunden anlächelte. Ihre blonden halblangen Haare glänzten matt. Um ihren langen Hals hing ein Lederband mit einem Amulett, ein Kamee mit dem reliefartigen Abbild eines Mannes. Heinz meinte, dass ihr Lächeln gar nicht geschäftsmäßig wäre, sondern alles an ihr wäre persönlich. Vielleicht mag sie mich, dachte Heinz. Er hatte lange nicht mehr mit einer Frau geschlafen. Doch er würde es auch noch länger aushalten. Nein, er stand nicht unter Hormondruck. Warum auch? Das Leben war noch lang. Er würde schon die richtige finden. Und vorher würde es auch so gehen. Sie übergab ihm die in Papier eingeschlagene Frikadelle.

„Ach", sagte Heinz, „packen Sie mir noch eine zweite ein, und tun Sie noch ein Brötchen dazu."

Er sah ihr gern zu, wie sie die Dinge handhabte und herrichtete. Ihre Hände waren schmal und für eine Fleischverkäuferin recht schwach. Jetzt waren sie rot durch die andauernde Berührung mit kaltem Fleisch und anderer Ware aus dem Kühlhaus. Dann, als sie auch mit seiner zweiten Bestellung fertig war, reichte sie ihm das weitere Päckchen über die Theke.

„Noch ein Wunsch?" fragte sie. Heinz überlegte. Er kam nicht auf die Idee, dass die junge Verkäuferin genau diese Frage jedem ihrer Kunden stellte und nicht nur einmal sondern so lange, wie der Kunde in ihrem Laden stand.

„Machen Sie mir noch eine Frikadelle fertig und tun Sie noch etwas Senf dazu", sagte Heinz. Da murrte hinter ihm eine junge Mutter, die eben in die Ecke des Ladens ihren Kinderwagen geschoben hatte. „Können Sie sich bitte mal entscheiden!" sagte sie scharf und Heinz dachte, Weiber dürfen das, und sah der jungen Verkäuferin noch eine Weile zu. Dann bezahlte er, grüßte freundlich und verließ den Laden.

Auf dem Marktplatz hatte an diesem Tag der Aktionskünstler Heribert Schlottermann eine Bierzeltgarnitur hingestellt und auf den Tisch eine große Schiefertafel aufgestellt. „Gekreuzigter gesucht!" stand da in Kreidebuchstaben drauf. Und unten drunter: „50 Mark Honorar!"

Als Heinz das sah, er hatte von der dritten Frikadelle, die er eben kaute, noch einen vollen Mund, ging er sofort da hin und wandte sich an Schlottermann, der auf der schmalen Bank vor dem Tisch saß und in alle Himmelsrichtungen hin lächelte und nickte.

„Wen suchen Sie genau?" fragte Heinz. „Ich würde mir gern ein paar Mark dazuverdienen."

Schlottermann musterte ihn. Der junge Mann vor ihm wirkte so glatt und unscheinbar, sauber und rasiert. Da hatte er doch eine andere Vorstellung von seinem Heiland. „Ich glaube, Sie sind nicht der Richtige", sagte er.

„Aber warum?" Heinz hatte nach der Begegnung mit der Fleischverkäuferin richtig gute Laune. Er war euphorisch. Er bildete sich ein, dass er eben die Liebe seines Lebens gefunden hätte. Nein, das war nicht nur so daher geredet, sondern so ein Gefühl wie jetzt hatte er noch niemals empfunden.

„Sie sehen mir zu glatt aus", sagte Schlottermann, „zu gut genährt, zu problemlos. Ich möchte aber lieber jemand ganz anderen ans Kreuz hängen."

„He, " sagte Heinz, „ich komm eben aus dem Knast. Endstrafe. Da können Sie doch nicht sagen, dass ich keine Probleme habe."

„Beruhigen Sie sich", sagte Schlottermann. „Es kommt mir nicht darauf an, was in Ihnen drinnen vorgeht. Ich bin an ihrer Verpackung interessiert. Sehen Sie, heute Nachmittag will ich da drüben zwischen Altstadt und Zuckerstraße ein großes Kreuz aufstellen. Für die Füße hab ich ein Trittbrett an den Hochbalken dran schrauben lassen. Und dann will ich jemanden mit Stricken an das Kreuz binden. Auf seine Hände und auf einen Fuß werde ich die Nägel nur draufmalen. Keine Angst, " dabei lächelte Schlottermann, „dass ich irgendjemand verletze. Natürlich will ich niemanden verletzen. Oben an die Spitze des Kreuzes werde ich ein Schild anbringen. Darauf wird aber nicht stehen „INRI" sondern „Gekreuzigter bittet um eine milde Gabe!"

„Das ist doch plemmplemm", sagte Heinz. „Ne, wirklich nicht. Da können Sie Ihren Fünfziger vergessen. Ich bin doch nicht doof."

„Sie verstehen nicht…" wollte ihm Schlottermann noch erklären, denn auch diese Diskussionen mit der Bevölkerung auf dem Land gehörten als Teil mit zu seiner Kunstaktion.

„Doch, doch, " sagte Heinz noch kurz, „ich hab alles verstanden. Aber ich mache nicht mit." Dann verließ er den Marktplatz, trat in den Fechenbach-Park ein, wo ganz alte schiefe Linden standen, und durchquerte ihn, bis er vor einer hoch geschwungenen Holzbrücke stand, die der Form nach denen aus Venedig nachempfunden war, nur dass die anderen Brücken aus Stein waren. Auf der Brücke blieb er stehen und schaute für ein paar Momente in den dort unten fließenden Bach. Bunte Enten schwammen darauf herum. Und dann war er auf der anderen Seite des Baches, er kannte ja die Stadt, ging noch eine Weile weiter, bis er eine Parkbank fand, auf der er sich hinsetzte, um auszuruhen.

2

Dieser Tag im Sommer 19… war der letzte Arbeitstag von Micha Korbleff in der JVA Obergrauen. Er hatte eine neue Anstellung in einem Erziehungsheim gefunden und ahnte noch nicht, dass ihm die zukünftige Zeit dort noch mehr zusetzen würde als das Gefängnis. Aber davon vielleicht mal eines Tages später mehr. Es war schon 18 Uhr, als Korbleff endlich das mit Natodraht bekrönten Außenmauern umgebene Gebäude verließ. Er hatte sich gut mit den Kollegen verstanden. Sie hatten noch ein

Bierchen zusammen getrunken. Jetzt war er endlich draußen. Den Wagen hatte er auf einem nahen Parkplatz abgestellt. Doch als er dahin unterwegs war, sah er hundert Meter vor sich einen riesigen Menschenauflauf. Er wusste nicht, dass der der Kunstaktion von Herrn Schlottermann galt, der schließlich doch noch seinen passenden Gekreuzigten gefunden hatte. Es war Taddi geworden, der alte Berber, der die 50 Mäuse liebend gern mitnahm. Und da Taddi ganz original in Pennerkleidung daherkam, klein und so hager wie der Hungerkünstler von Kafka war und einen ungepflegten, wirren Vollbart hatte, hatte ihn Schlottermann sofort eingestellt. „Sie sind mein Jesus!" hatte er begeistert ausgerufen.

Obwohl es an diesem Tag recht frisch war, musste sich Taddi ausziehen und bekam nur ein langes Tuch, dass er sich um die Lenden binden sollte, um seine Nacktheit zu verstecken. Erst wollte er nicht. Doch als Schlottermann versprach, noch 20 Mark drauf zu tun, begann Taddi mit dem Ausziehen.

„Wer will schon einen nackten Penner sehen?" fragte Taddi verständnislos.

„Aber Taddi", erwiderte Schlottermann, „kennen Sie nicht die Geschichte von Jesus Christus?"

„Nie gehört", antwortete Taddi.

„Na, Sie sind mir einer, Taddi. Diese Lüge ist selbst für Sie zu groß. Bei uns in Deutschland hat J.C. einen Bekanntheitsgrad von 99,9 %."

Doch Taddi war jetzt sauer, weil er ein wenig fror und nicht wusste warum. Er führte deshalb diese Diskussion nicht weiter, ließ sich aber widerstandslos von Schlottermann und seinen Helfern kreuzigen, die dabei human vorgingen und weiche

Stricke nahmen, um ihn festzubinden. Geschäft ist Geschäft, dachte Taddi. Da war er eisern.

Nun hing er bereits seit einer halben Stunde am Kreuz. Schlottermann hatte einen alten Hut hingestellt, in den die Passanten und Zuschauer Geld einwerfen konnten. Und sie taten es. Das, was sie da hinein warfen, sollte das Eintrittsgeld für Schlottermanns Kunstaktion sein. Taddi, der das nicht wusste und nur den Bettelhut sah, hätte zu gern gewusst, wer am Ende das Geld bekäme. Wenn im Hut mehr als 70 Mäuse wären, würde er dem Herrn Künstler sein Scheißgeld vor die Füße werfen und das Geld aus dem Hut nehmen. Schließlich war das das Ergebnis seiner Arbeit. Er hatte es sauer verdient, nicht dieser Künstlerarsch. Tatsächlich kannte Taddi den Namen Jesus Christus von irgendwoher. Doch die ganze Geschichte mit Jungfrauengeburt, Wundern wie z.B. das Erwecken eines Toten, freiwillige Kreuzigung und Auferstehung war ihm nicht geläufig. Die Sache mit dem Kreuz gefiel ihm allerdings immer besser, denn der Hut füllte sich zusehends mit Münzen und Scheinen. Soviel hatte Taddi an einem Tag, wenn er z.B. in einer Fußgängerzone saß, noch nie eingesammelt. Das stand jetzt schon fest, obwohl die Veranstaltung noch nicht zu Ende war. Schlottermann hatte ihn bis 21 Uhr gebucht. Jesus war ein 1A-Geschäftsmann gewesen, dachte Taddi. Das mit dem Kreuz musste ein Trick sein, den er noch nicht durchschaute. Jesus hatte auf jeden Falle gewusst, wie es geht.

Als Micha Korbleff die Menschengruppe erreichte, in dessen Mitte das Holzkreuz mit dem dran gebundenen Taddi aufragte, machte er verständnislos den Mund auf. Neben ihm stand der frisch entlassene Jendrossek. Für den war er in der Anstalt nicht zuständig gewesen. Man kannte sich nur vom Sehen. Auch jetzt nickten sich die beiden nur kurz mit dem Kopf zu, weil ihnen die Begegnung unangenehm war, und gingen dann wieder auseinander, jeder seinen Weg.

Und dann geschah es doch, was sich Heinz die ganze Zeit erhofft hatte. Die Fleischverkäuferin kam aus der Tiefe der Zuckerstraße zu der Kreuzigungsgruppe hinzu, sie hatte endlich Feierabend, und Heinz Jendrossek, der da herumstand wie früher vor zweitausend Jahren der Johannes, der auf die Mutter Gottes aufgepasst hatte, strahlte. Natürlich wollte er etwas von ihr, und zwar ohne dass er ihr feind war, ganz im Gegenteil. Meist hatte sich Heinz nämlich nur dann für andere interessiert, wenn es gleich Stunk gab. Er wollte sie ja nicht schlagen. Er wollte sie gern haben, wenn sie es zuließe. Aber er würde es ertragen, wenn sie genau das nicht wollte und ihn abwies.
So richtete er das Wort an sie. „Hallo!"
Und sie erinnerte sich sofort, wer er war. Er war der Kunde mit den drei Frikadellen-Bestellungen. Sie kicherte. Dann stellten sie sich einander vor, und waren beide gleichermaßen verschüchtert, weil sie keine Übung darin hatten.
Sie nahm ihn dann eine oder zwei Stunden später mit für ein Glas Wein. Da saß er dann oben in ihrer Wohnung, sah hinunter auf die kleine Stadt und beichtete sofort, was er in seinem Leben bereits angestellt hätte. „Aber mich", sagte Agnes, denn so hieß die Verkäuferin, „wirst Du niemals schlagen." „Niemals", sagte Heinz.

Auf dem Küchenbuffet lag das offene Brunnenheft, das eine Schmachtgeschichte enthielt, in der Agnes eben las. Solche Hefte wurden damals noch viel gelesen. Es war die letzte Seite. Eben hatte Dr. Spreti seine Tochter wieder zurückbekommen und, um das Glück nun perfekt zu machen, macht er umgehend seiner jungen, hübschen Haushälterin Frau von Treideln einen Heiratsantrag, die es schier zerreißt vor Glück. Und als letztes stand auf der Seite: „Warum ihr Glück dennoch in große Gefahr geriet, lesen Sie in Heft Nr. 12 unserer Dr.Spreti-Reihe: Ein Herz geht wandern."

„Ich glaube an die Liebe", sagte Agnes, die sehr romantisch war. „Aber wenn Du mich enttäuscht, dann werde ich Dich töten."

Heinz fröstelte es bei diesen Worten, obwohl es nur so klang, als spielte sie die Szene aus einem Spielfilm nach, den sie gesehen hatte. Doch dann versicherte er ihr zum fünften Mal, dass sie keine Angst vor ihm haben müsste.

Zu eben dieser Stunde nahm Schlottermann den Gekreuzigten wieder runter. Taddi, noch ganz schwach auf den Beinen, sackte auf den Bordstein, doch dann griff er sofort nach dem Hut und wollte die Einnahme zählen.

„Hände weg!" rief Schlottermann, „Das ist mir!"

„Da hast Du aber ein gutes Geschäft gemacht", sagte Taddi grimmig.

„Das geht Dich nichts an", erwiderte Schlottermann. „Du hast Dein Geld gekriegt. Aber weil ich heute gute Laune habe, will ich Dir noch etwas oben drauf geben." Und er griff in den Hut, nahm eine Hand voll Münzen heraus und sah Taddi auffordernd an. Da formte der seine Hände zu einer Schale und hielt sie ihm hin. Schlottermann schüttete die Münzen hinein. „Ist jetzt alles OK?" fragte er.

Taddi nickte. Er musste zugeben, dass er nicht der Urheber der Idee gewesen war. Und so gab er sich mit dem zufrieden, was Schlottermann ihm übrig ließ.

Donnerstag

Donnerstage sind normale Werktage. Da fahren die Busse, und die Ampeln gehen.

Der Blick hinterm Fenstervorhang auf die Straße, in der ich wohne, ist immer derselbe. Die Straße ist leer und unbelebt. Oft üben hier die Fahrschüler in besonders gekennzeichneten Autos. Da geht der Briefträger. Er geht von einem Treppenaufgang des einen Hauses zum anderen. Er geht vornüber gebeugt und trägt eine Brille. Zu mir hat er noch nie ein Wort gesagt. Manchmal, wenn eine Zustellungsurkunde kam, hielt er mir zum Unterschreiben einen Zettel hin. Ich verstand, was er meinte, und unterschrieb. Er hält die Anlässe, reden zu müssen, begrenzt.

Und dann war es plötzlich donnerstags. Ich hatte den Kopf voller Pläne, wie dieser Tag ablaufen müsste, hatte ihn praktisch vergeben wie ein Reicher den Teil seines Vermögens, den er regelmäßig ausgibt. Ich hatte großen Durst auf Kaffee und las den Sportteil im „Echo". Hanna las die Familienanzeigen. Es war neun Uhr vorbei. Ich wurde den schlechten Geschmack des Alkohols und der Zigaretten vom Vorabend nicht los. Ich nahm mir zum hundertsten Mal halbherzig vor, in Zukunft abstinent zu leben. Obwohl ich ahnte, dass dieses Vorhaben keine lange Bestandszeit hätte, beruhigte es mich trotzdem. Früher hatte ich mir in einem Kalender die Biermenge in Litern und die Anzahl der Zigaretten notiert, die ich Tag für Tag konsumierte. Ich hatte gehofft, dass dieses Verfahren einen verhaltenstherapeutischen Effekt auf meine Süchte ausüben würde. Leider nein. Als ich begann, mich an die Horrorzahlen zu gewöhnen, gab ich die Methode auf.

Hanna räumte den Tisch ab. Wieder einmal räumt eine Frau und nicht der Mann den Tisch ab, dachte ich, während ich beobachtete, mit welch müden Bewegungen sie die Teller und Tassen vom Tisch trug und auf die Spüle räumte.

Als Zehnjähriger hatte ich katholischer Priester werden wollen. Da hätte ich nicht zu jeder Gelegenheit eine Frau gehabt. Ich hätte vieles selber tun müssen.

Nein, nein, ich bin kein Seelenkäufer geworden. Doch wie ehelose Priester räume auch ich manchmal den Tisch ab. An jenem Donnerstag tat ich es nicht.

Es ging auf halb zehn zu. Ich wollte längst nach Darmstadt gefahren sein. Zuvor musste ich allerdings Mautrhein, den Haftrichter, anrufen und fragen, ob er Manfred und Clemens rausgelassen hatte. Derzeit war ein Haftprüfungstermin im Gang. Mautrhein? Zwei- oder dreimal hatte ich auf ihn eingeredet, ihm Worte wie schlecht aufgepumpte Bälle zugeworfen, ihn angesehen und ungeduldig getan. Dabei war ich nicht ungeduldig gewesen. Im Grunde genommen kannte ich seine Entscheidung schon. Mautrhein hat ein Milchgesicht und dünnes Haar. Er ist Richter am Amtsgericht und trägt einen leichten, schwarzen Pulli mit V-Ausschnitt über dem weißen Hemd. Auffallend in seinem schmalen Gesicht, in dem zwei Augen nervös zucken, ist die Nase, die aussieht wie eine große Geschwulst, und ihre Spitze ist in der Mitte durch eine tiefe Falte gespalten. Ja, sie sieht aus wie ein kleiner Arsch. Seine Stimme ist ruhig. Ein Kollege, als ich ihm von Mautrhein erzählte, beschrieb ihn als scharfen Hund. „Aber er wirkt so sanft", hatte ich ungläubig angemerkt, als bestünde zwischen beiden Beobachtungen unbedingt ein Widerspruch.

Ich hatte es in unseren bisherigen Gesprächen nicht fertiggebracht, ihm zu versprechen, dass Manfred und Clemens in Zukunft Engel sein würden. Ich hatte dem Richter von der Elternlosigkeit berichtet, dass Manfred und Clemens zwei jener Spezies Mensch seien, die offensichtlich ohne Zutun von Vater und Mutter das Licht der Welt erblickt hatten. Denn wohin ich auch sah, die Eltern der beiden entdeckte ich nirgendwo und begann deshalb, mit der Zeit ihrer Geschichte zu glauben, dass sie sich selber erzogen hätten. Dies hatte ich Mautrhein erzählt, den das nicht beeindruckt hatte. „Die Menschen sind nicht alle gleich. Die beiden hätten sich eben mehr anstrengen müssen als andere." Wenn er es nicht so vorwurfsvoll gesagt hätte, hätte ich sogar zustimmen können.

Und zudem hätten die Autofahrer, belehrte er mich, kein Verständnis für eine weniger einschneidende Entscheidung. Zu viele junge Kerle würden sich heutzutage an fremden Autos vergreifen. „... weil sie keine eigenen Eltern haben." sagte ich kraftlos. Er lächelte milde. „Und wenn ich in Ihrem Sinne entscheiden würde: ist das eine Garantie, dass sie in Zukunft nicht mehr stehlen?"

Um viertel nach zehn rief ich den Richter an. Eben waren ihm Manfred und Clemens vorgeführt worden. Er hatte sie ohne viel Federlesens ins Gefängnis zurückbringen lassen. Das sagte er mir. Die beiden hätten bisher in ihrem Leben genug Chancen gehabt. Dieses eine Mal nicht. Die U-Haft bliebe bestehen. Ich hängte wortlos ein. Ich hatte es doch gewusst.

So fuhr ich dann los nach Darmstadt. Den Termin mit Manfred und Clemens hatte ich weniger. Unterwegs dachte ich an das gestrige Gespräch in der Kneipe. Ich hatte mit einem Bärtigen und einem Dicken über das Kotzen in besoffenem Zustand gesprochen und darüber, dass man es den meisten vorher ansieht, weil sie plötzlich ein totenbleiches Gesicht kriegen. Dann muss man sie schleunigst aufs Clo oder ins Freie lotsen, um Teppiche und Polster zu schonen.

Während der Fahrt schlug einige Male das Auspuffendrohr gegen die hintere Stoßstange. Ein Klang, als trommle da jemand auf einen Topf. Was mich an der Kiste, die ich seit drei Wochen fahre, am meisten nervt, ist der hohe Benzinverbrauch. Unentwegt starre ich auf die Benzinuhr, als könne ich mit meinem magischen Blick den Zeiger daran hindern, weiter nach links abzufallen.

In Darmstadt angekommen, ging ich als erstes bei Günter vorbei. Er las mir eine Kurzgeschichte von sich vor, bei der ich lachen musste. Dann verließ ich ihn wieder und fuhr in die Innenstadt, um etwas für Hanna zu Weihnachten zu kaufen. Da war ich dann in einem Menschenmeer. Sie strömten vielbeinig an mir vorbei. Ich kannte sie nicht, die Hälse hinter den hochgeschlagenen, aufgesetzten Pelzkragen, die großen weiblichen Füße in flachen Schuhen, die Stirne hinter blonden Locken, die Hände mit Tüten voller Pommes Frites, die sie eben gekauft hatten. Es gab viele Stände. Es war Weihnachtsmarkt. Vor dem Schloss unter dem Reiterstandbild drehte sich ein Karussell. Kinder saßen darauf. Ihre Eltern kauften neue Chips, reichten sie den Kleinen hin und lachten. Ich verlor den Zweck meiner Reise für kurze Zeit aus dem Sinn. Ich hatte nicht vorgehabt, über den Weihnachtsmarkt zu schimpfen. Ich hatte auch nichts gegen Glühwein und gebrannte Mandeln. Aber Alkohol in jeder Form ist mir vormittags zuwider, und die Mandeln waren mir zu süß. Ich hätte auch einen Nierenspieß kaufen können, eine Thüringer Bratwurst von einem halben Meter Länge oder Pfannepuffer mit Apfelmus. All das tat ich nicht.

Der Himmel war grau.

In wie vielen Geschichten ist der Himmel grau? Das ist ziemlich larmoyant und abgegriffen. Die Geschichtenerzähler könnten sich mal eine andere Farbe einfallen lassen, oder nicht? Man kann sich an das Grau gewöhnen und den nieselnden Regen und die weitausgespannten Schirme, vor denen ich ausweichen musste. Dann stand ich vor einem Kiosk. Rundherum zeigte er hinter Glasscheiben die Umschlagseiten von Illustrierten und Softpornos. Caroline und Stephanie von Monaco, eine nackte Frau, auf dem Rücken liegend, mir die Beine zuspreizend, Peter Alexander und Frau, Norman Mailer, eine nackte Frau mit Peitschenstriemen an Hals und Brüsten, Truman Capote, Anna Karenina, gespielt von einer jungen englischen Schauspielerin. Und ein paar Schritte weiter verkaufte eine Propagandistin eine Bratpfanne, in der nichts anbackt. Ihre Vorstellung dauerte acht Minuten. Danach traten zwei ältere Frauen heran. Die eine kaufte eine tiefe Pfanne, die andere eine flache, beide mit gläsernem Deckel. Schließlich kaufte ich in einer Buchhandlung ein Geschenk für Hanna, Fotografien von Menschen aus den Slums Südamerikas. Manchmal ist es ein bisschen Sterben, unter Menschen zu gehen. Nichts ergibt einen rechten Sinn.

Später fuhr ich zu Paul. Er ist der Freund von Manfred und Clemens. Seit ein paar Tagen bewohnt er deren Wohnung, weil sie jetzt nach deren Inhaftierung frei geworden war. Die Miete wird allerdings nicht mehr bezahlt. Hoffentlich kommt der Hausmeister nicht vorbei und macht Ärger, sagte Paul.

In Manfreds Zimmer, in dem nun Paul lebt, hängen die Bilder eines Malers namens Boris. Die hatte ich vorher noch nicht gesehen. Eine Frau, meist ohne Kleider, mit festen, prallen Brüsten und langem, brünetten Haar. Dass auf allen Bildern immer dieselbe Frau war, die es wohl nirgendwo gibt, merkte ich erst, als mich Paul darauf aufmerksam machte. Ihr Körper hat etwas Stählernes. Die Bilder stießen mich ab. Paul fand sie toll. Der nackte Körper war makellos und hilflos. Was Boris gefiel, machte er mit seinem Zeichenstift mit ihr. Er tat ihr Gewalt an. So hatte ich früher einen Gefangenen im Knast mit einer Rasierklinge auf Aktfotos rumschnitzen sehen.

Auf der Heimfahrt nahm ich einen jungen Mann mit, der übel stank und einen bläulich roten Ausschlag auf dem Handrücken hatte. Sicher eine neue, noch unentdeckte Krankheit. Das war donnerstags. Noch einige Termine, einige Telefonate. Abends sahen Hanna und ich Fernsehen. Tagesschau. Gorbatschow ist in England. Dann kamen die Kinder, die schon längst zu Bett gebracht worden waren, heulend ins Wohnzimmer. Sie hatten Angst. Und wir trösteten sie. Danach gingen wir ins Bett und lasen noch ein paar Seiten.

1984

Der Fremde bin ich allein

1

„Vergeblich versuche ich seit langem, diese merkwürdige Geschichte zu erzählen. Es brennt mir auf der Seele, es zu tun weil ich die Hoffnung habe, durch den Vorgang des handschriftlichen Niederlegens, das, was passierte, endlich besser zu begreifen.

Je länger der Versuch, dies alles zu erzählen, währt, desto deutlicher wird mir allerdings, dass ich schlecht darin bin, den Ablauf der Ereignisse plausibel zu gestalten, die treffenden Worte zu finden und die Geschichte dann ohne Schnörkel zu erzählen. Hinzu kommt, dass ich im Erleben unaufmerksam bin. Das durch mein eigenes Erleben gewonnene Material ist daher oft zweifelhaft. Und wenn ich das bisschen Erlebnis wiedergebe, um das es mir geht und dessen ich mich noch erinnere, ist es durch den Prozess der Übertragung in Gedanken, Worte und dann in Schriftzeichen peu á peu verändert worden.

Auch glaube ich, dass es nur selten Geschichten gibt, die ausschließlich auf neuen originalen Vorfällen basieren bzw. Ergebnis einer neuen Schöpfung sind, ohne dass dieser neue Prozess durch übernommene Wertvorstellungen und Vorurteile, durch in Büchern gelesene Handlungsmotive und durch auf dem Marktplatz Gehörtes verdorben ist. Nichts ist wirklich original.

Das Ergebnis muss dann durchaus nicht eine Geschichte voller Unwahrheit oder Lügen (wenn man denn den moralischen Begriff will) sein, sondern ist eine kleinere oder größere Abweichung vom Tatsächlichen. Dieser Bereich des Mehr oder Weniger ist weites Land. Und in diesem Land sind wir alle daheim, ein anderes haben wir nicht. Die einfache Hinnahme der

Welt so wie sie ist, ist den meisten Menschen sowieso unerträglich.

Für mich sind meine Tage beileibe keine bemerkenswerten Ereignisse mehr. Sie sind Quälerei und Anstrengung. Heute sind Ereignisse oft nur noch Anhaftungen auf meiner Haut, Reste von Berührungen, die so flüchtig waren, dass ich mich ihrer nicht mehr erinnern kann, woher sie kamen, von wem sie stammten und wie sie waren.

An manchen Tagen wache ich auf und bin gleich unglücklich und erschöpft, als hätte ich in der Nacht die ganzen unglückseligen Vorkommnisse bereits erlitten, deren Eintritt ich doch erst befürchte. Ich mache mir wegen dieser Gefühle Vorhaltungen. Die Ursachen für die schlechten Gefühle und die schlechte Laune können nicht in meinem Leben liegen, das ich derzeit führe. Hätte ich nicht genügend Gründe, glücklich zu sein? Und sind mein vermeindliches Unglück und die namenlose Erschöpfung nicht pure Hypochondrie eines Menschen in Deutschland im Jahre 1984, der nicht weiß, was es heißt, wenn es einem schlecht geht. Mein Großvater ging in den 1. Weltkrieg, wo mein Vater geboren wurde. Der ging dann in den 2. Weltkrieg. Nur ich habe keinen Krieg kennengelernt. Meine Zeit ist ein ewiger Frieden. Doch diesen Frieden habe ich nicht gelernt zu schätzen.

Und wenn meine schlechte Laune nicht aus bösem Willen oder Langeweile herrührt, was ich nicht denke, dann ist der Grund meines Unwillens am Ende nur ein, verglichen mit dem Normalzustand, chemisches Ungleichgewicht in meinem Gehirn. Der ph-Wert ist zu sauer. Das wäre sehr prosaisch, wenn solch naturwissenschaftliche Phänomene für schlechte Gefühle ursächlich wären, für elementare Dramen, für die Vereinigung von sich liebenden Menschen zum Beispiel und später für deren Scheidung. Aber wir alle wissen ja, dass es genauso ist.

Wenn ich morgens meine Kinder sehe, wie sie von meiner jungen Frau beschützt, gepflegt und (das eine noch) gestillt werden, empfinde ich Freude. Ich habe alte einsame Tage nicht vergessen, in denen ich einem Gott meine Armseligkeit klagte. Und einige Zeit später kam Hanna, die ich liebte, und begann, mich oder zumindest meine Liebe zu ihr zu lieben. Als wäre alles so angelegt gewesen, und es hätte nicht anders kommen können. Ich begann, Tag und Nacht in der Gefangenen- und Haftentlassenenfürsorge zu arbeiten. Tagsüber war ich im Gefängnis, wo die Diebe und Geisterfahrer waren, und kümmerte mich, so gut ich konnte. Und nachts daheim ließen mich Erinnerungen daran nicht los. Ich fürchtete, während ich im Bett lag, dass ich tagsüber etwas falsch gemacht, irgendeine Regel nicht beachtet hätte und konnte nicht einschlafen.

Dann kamen die Kinder auf die Welt, Mirjam und Johannes, und ich war völlig überrascht und überwältigt.

Natürlich macht es mich immer wieder glücklich, wenn mein Kind lacht, wenn es prustend und lachend vor mir davon läuft, und ich laufe ihm hinterher und fange es, werfe es in die Luft und halte es fest. Was habe ich in jenem Moment, wenn ich mit ihm spielte, gefühlt? War es nicht doch Glück? Ich fürchte, ich vergesse es viel zu schnell.

Ich erkenne meine Tage nicht konturenscharf. Es sind Landschaften in Nebel. Es sind Schwarzweißfotografien, raue, vegetationsarme Landschaften, in denen ein schwacher, doch stets kalter Wind bläst. In meinen Tagen fallen selten Schüsse. Nichts ist extraordinär."

2

Und so begann ich also und erzählte von einer völlig unwahrscheinlichen Begebenheit. Du wirst es mir nicht glauben, doch ich versichere Dir, die Geschichte, die folgt, ist wahr. Es ereignete sich in den Tagen am Ende des Winters und am Beginn des Frühlings vor über 20 Jahren. Schon damals fertigte ich von dem Vorgefallenen einen Bericht an, dessen einleitende Zeilen ich soeben wiedergab. Wenn ich im Weiteren aus diesem alten Bericht zitiere, setze ich die entsprechenden Sequenzen in Anführungszeichen.

Heute, wir schreiben das Jahr 2006, bin ich über 50. Damals war ich noch keine dreißig. Ich hatte schwarze und bekam die ersten grauen Haare

" Und nun beginne ich also. Ich ein knapp dreißigjähriger Mann, auf dessen Haupt sich die ersten grauen Haare schleichen, beschreibe mich so, wie er ist." schrieb ich damals. Es war ein nicht einzulösender Anspruch: „…beschreibe mich so, wie er ist."

Ich tat es natürlich nicht. Vor manchen Wahrheiten hatte ich doch allzu große Angst, als dass ich sie ausgesprochen hätte. Meine kleine, eben erst entstandene Welt war in Gefahr, schon wieder zu zerfallen.

Gerade ein paar Wochen her hatte ich meinen Arbeitsplatz verloren. Es war das erste und letzte Mal in meinem Leben gewesen, dass mich ein Chef vor die Tür gesetzt hatte. Das hatte er getan. Böswillig und gewalttätig war Glaser, mein damaliger

Chef, gar nicht gewesen. Er war damals etwa so alt gewesen wie ich heute, ein großer hagerer Mann mit vollem, grauem, zurück geschelteltem Haar. Die Augen hinter dicken Brillengläsern. Und wenn er sprach, selbst, wenn er mit mir sprach, klang es so, als würde er vor sich hin von Dingen berichten, die man leider niemals ändern kann. Es waren von Wehmut und Resignation gefärbte Geschichten. Er erzählte z.B. von einem Ehepaar, das ein Herz und eine Seele war. Und als der Tag der Freude gekommen war, die Pensionierung des Ehemannes, und sie endlich für immer zusammen sein konnten, starb die Ehefrau. Am selben Tag! Das wollte Glaser nicht erleben. Er wollte früher Schluss machen. Er hatte Angst, zu früh zu sterben.

Er leitete ein Wohnheim für junge Männer, die aus der Haft entlassen worden waren. Der eine oder andere war nur entlassen worden, weil Glaser dem Richter, der die Aufsicht über die Strafvollstreckung führte, versprach, den jungen Delinquenten in sein Heim aufzunehmen. Dass er nicht so sprach wie ein Sozialpädagoge (mit zuviel Betroffenheit und Heuchelei) sondern wie ein normaler Malocher, machte ihn bei den Richtern nur noch erfolgreicher. Der ist echt, dachten die. Genau das, was ein junger Übeltäter braucht, eine feste knorrige Hand und Augen, die spähen und nicht weinen.

Glaser hatte dieses Wohnheim selbst gegründet und wurde schlechter bezahlt als andere, weil er als gelernter Maler kein Fachmann war wie ich. An jedem Monatsende erstellte er Listen mit den Namen der Heimbewohner. Für jedes in Frage kommende Kreissozialamt erstellte er eine Liste. Er errechnete darauf die Belegungstage, multiplizierte das Ergebnis mit dem ihm zugestandenen Tagessatz (der, wie gesagt, verdammt niedrig war) und hatte so seine Rechnungsergebnisse. Leider rechnete er Phantombewohner ab, die ich nicht im entlegensten Winkel des Wohnheimes, das durch die anstrengende Bewohnerschaft und Glasers Gleichgültigkeit sehr verkommen war, als ich zum Dienst eintrat, auffinden konnte. Sie waren nicht da! Sie waren Geschöpfe aus dem Zwischenreich von Wahrheit und Lüge. Es hatte jedes Phantom einstmals in Echt gegeben. Die Heimbewohner, die so geheißen hatten, waren gegangen, nur ihre Namen waren geblieben. Nach ihrer Entlassung aus dem Wohnheim hatte sie Glaser nicht von der Rechnung genommen. Manche blieben dort noch einige Rechnungsjahre, ohne dass sie es wussten. Von mir eines Morgens zur Rede gestellt, gab er die eine oder andere Luftnummer zu, wollte aber nicht alle, die dort nicht hingehörten, streichen.

„Ich bin noch jung", hatte ich ihm gesagt. „Wenn das rauskommt, kann ich meinen Beruf an den Nagel hängen. Entweder Sie streichen alle, oder ich zeige Sie an."

Ich war sehr undiplomatisch.

Glaser war eigentlich nicht gegen mich. Ich gehörte wie er eher zu den Arbeitern. Aber da ich keinen Kompromiss einzugehen bereit war, setzte er mich vor die Tür. Als ich an jenem Morgen sein Büro verließ, war es das letzte Mal, dass ich ihn sah. In diesem Sinne ist er an diesem Tag, in diesem Moment für mich gestorben. Und wenn ich später von ihm hörte, dann dachte ich, dass das ein anderer sein müsste.

So war ich dann arbeitslos geworden. Die Angst, plötzlich und für immer nutzlos zu sein, nagte an mir. Über die Dinge, die ich täglich erlebte, schrieb ich jetzt Geschichten, ohne die Hoffnung zu haben, die Geschichten verkaufen zu können. Selbst meine Frau wollte sie nicht hören. Alte Klienten, die ich von früher kannte, betreute ich unverdrossen weiter, auch wenn ich dafür kein Geld bekam, als wäre nichts geschehen. Doch so gern ich helfen wollte, so gnadenlos scheiterte ich oft. Für ein junges Pärchen wollte ich eine einmalige Beihilfe für die Anmietung einer Wohnung erstreiten. Die beiden ertrugen die Ablehnung, die kam. Ich nicht. Ich fing an zu zetern, und der Sozialamtsleiter sagte: „Sie führen die beiden auf einen falschen Weg." Er meinte damit meine Art zu kämpfen, bei der eine Niederlage unerträglich war. Scheitern nahm ich immer persönlich, und ich verlor mit den Tagen, die verstrichen, die Hoffnung, dass meine Sozialarbeit ein Beruf wäre, mit dem ich soviel Geld verdienen könnte, dass ich damit Frau und Kinder durchbrächte. Ich war zu ungeduldig und andere Meinungen waren mir damals unerträglich.

Es war nachmittags und düster. Ich saß an Hannas Sekretär im Wohnzimmer und schrieb: „ Ich habe Angst, meine Schwächen zu enthüllen, als würde ich wirklich glauben, ich sei der einzig Schwache auf der Welt, und andere Menschen wären nicht schwach. Ich habe Angst vor vielen Enthüllungen, die möglich wären. So lasse ich davon. Eben kam ein Freund, der mittlerweile wieder gegangen ist. Ich weiß, dass er mich im Grunde genommen nicht kennt. Doch er kennt mein Gesicht, und ich kenne seins. Mag sein, dass er die derben, groben Gesichtszüge sympathisch findet, das Bäuerische an mir. Ich habe niemals darüber nachgedacht, warum dieser Freund kommt und geht. Ich will es auch nicht. Und er? Was glaubt er, warum ich ihn empfange? Ich will nicht darüber nachdenken. Es ist halt so. Über anderes denke ich nach, als über seine Motive oder gar meine eigenen. So beginne ich also…

Ich sitze am Sekretär, während der Abend aufzieht wie eine Kulisse. Es wäre gelacht, wenn jetzt noch der kleine, alte Heinz Schuster, der ehemalige Requisiteur aus dem Nationaltheater Mannheim, käme und die letzten Kleinigkeiten um mich herum so richtete, wie es der große Regisseur angeordnet hat und ein Regieassistenz würde die Klappe schlagen und rufen: „Abend! Die erste…" Heinz, der wegen Betruges eine kleine Haftstrafe abzusitzen hatte, hatte ich im Gefängnis kennengelernt, als ich dort arbeitete.

3

Nachdem ich dieses damals aufgeschrieben hatte, ertönte die Türglocke. Wir erwarteten keinen Besuch.
Da das Wohnzimmer näher an der Haustür lag als Küche und Kinderzimmer, erwartete Hanna, dass ich öffnete. Und ich stand auf. Vielleicht wäre alles anders gekommen, hätte Hanna geöffnet. Vielleicht. Durch die gelbe, in die alte hölzerne Haustür eingelassene Milchglasscheibe sah ich, dass da draußen tatsächlich jemand stand. Die Konturen konnte ich nicht genau erkennen. Sie waren nur undeutlich zu sehen.

"Was rufst Du mir hinterher, Hanna? Ich soll die Türkette einlegen, wenn es ein Verbrecher ist? Wie soll ich das wissen? Und wenn ich sicher gehen würde und die Kette einlegte? Nein, nein, das mache ich nicht."
Ich öffnete die Tür. Draußen war es kalt. Die fast farblose Abenddämmerung ging einen Stich ins Mauvefarbene über wie vergilbtes Papier. Im Himmel prangte kein Mond. Da war nur seichtes absterbendes Licht, das noch hinterm Horizont

hervorquoll. Gegenüber zog sich die Silhouette der alten Reihenhäuserzeile wie eine Chinesische Mauer entlang.

Und unten am Treppenabsatz stand er!

Ein wenig Wind fuhr durch sein langes dunkles Haar. Er presste die Lippen aufeinander, er fror, und richtete seinen Blick nach oben. Zu mir. Außer der skandalösen Tatsache, dass er splitternackt war, er war nackt, stimmte noch etwas nicht an ihm. Entgeistert starrte ich auf seinen kräftigen unbehaarten Körper. Ich war für einen Augenblick wie gelähmt und erkannte ganz allmählich, nachdem die Starre langsam wieder aus meinen Gliedern wich, in den Zügen seines Gesichtes etwas Verdächtiges. Sie erinnerten mich an etwas.

Sein Gesicht glich meinem! Nein, schlimmer noch! Alles, was da als Mensch unten stand, glich mir! Mehr noch, je länger ich ihn ansah, desto erschreckend klarer gewahrte ich es: Er sah haargenauso aus wie ich.

Nur ich war es nicht!

Ein schüchterner Mann stand da. Nein, es war nicht Angst, es war eher eine Form von Demut, die sich nicht schämt, die ich bei ihm zu erkennen meinte. Die zusammengezogenen Schultern, die Beugungen in Rücken und Knien, der fragende Blick. Bat er mich um etwas? Hatte ich seine Stimme gehört?

"Treten Sie doch ein!" forderte ich ihn auf, obwohl er darum gar nicht gebeten hatte. Jedenfalls nicht mit Worten. Er fror. Stufe um Stufe kam er näher. Ich trat zurück, damit er eintreten konnte. Eine eigenartige Nacktheit sah ich da. War es doch meine. Sie erregte mich wie damals in der Pubertät, als ich erstmals gewagt hatte, mich zu betrachten, obwohl es verboten gewesen war.

Ich wurde unsicher, ja, ein wenig verzagt. Mein Denken konnte sich an nichts bereits Erfahrenes halten. Meine Gefühle waren Abwehr, Erregung und Neugier zugleich.

Mein Protokoll der damaligen Ereignisse …:

„ Treten Sie doch ein!" sage ich zu ihm. Der, dem ich das sage, ist mir völlig fremd. Er sieht nur hundertprozentig aus wie ich. Offenbar hat er alles verloren. Nur das nackte Leben hat er behalten. Oder er hat bis heute noch nichts besessen. Jetzt hat er Glück gehabt, dass hinter der Tür, an der er schellte, Menschen leben, dass einer öffnete, dass dieser eine nicht die Türkette eingelegt hat, jetzt zurücktritt und ihn über einen weichen, beigen Teppich, über den er ganz behutsam mit bloßen Füßen geht, in die warme Küche führt, wo seine Frau sitzt. Sie wendet sich ihm zu, als er eintritt. Sie ist neugierig zu erfahren, wer denn gekommen ist, sich anschickt, in ihren Alltag Abwechslung einzubringen, der oft von Streit und Eifersucht überschattet ist. Es ist einer wie ich, der da kam, Hanna. Und doch ist er nicht ich. Ich bin nicht dieser Fremde. Täusche Dich nicht! Pass auf!"

Nur Hanna erkannte es nicht. Für sie war ich auch der Fremde, auch wenn ich anfangs noch daneben stand. Sie machte keinen Unterschied. Sie wunderte sich über die Nacktheit des Mannes. Sie sah ihn an und wußte, dass sich eben gerade irgendetwas verändert hatte. In seiner Haltung, in seinem Blick, ein Blick, der nur Hanna galt, lag Ungewissheit über das, was jetzt entstehen würde. Keine Unterwürfigkeit. Nein, das war keine Eigenschaft des Fremden, unterwürfig zu sein.

Vielleicht war das der Augenblick, in dem sich Hanna in mich verliebte. Endlich. Aber ich war es nicht mehr. Ich stand daneben.

Er war gekommen, um mich abzulösen und nicht, um mich zu verdrängen!

Wie Schuppen fiel es mir von den Augen. Das also war der Grund seines Kommens. Und er war zu vornehm oder zu feinfühlig, es mit Worten zu sagen. Er hoffte sicherlich, dass ich es selbst erkennen möge. Ich sollte friedlich gehen.

Hanna wusste sehr wohl, dass der Fremde für mich durchgehen konnte, so wie er aussah. Sie hielt ihn für mich und gleichzeitig für einen anderen, einen Neuen, weil ich mich verändert hatte. Denn die Veränderung war ihr aufgefallen.

Er trat ruhiger auf als ich. Er war aufmerksamer. Und als er sich in die Küche zu Hanna und den Kindern setzte, da geschah das ohne Vorbehalt und ohne die Möglichkeit des Rücktritts. Es war eine Bewegung aus einem Guss, ein Ja! Ja! Und er hatte keine zukünftigen Termine, die ihn abhalten würden zu bleiben.

„ Sie sehen gut aus. Aber ist es nicht ein bisschen frisch?", sagt meine Frau zu ihm. Sie spielt damit auch auf seine Nacktheit an und dass sie es vielleicht gar nicht so gern so genau gewusst hätte. Denn so etwas sagt man ansonsten nicht zu einem Mann. Auch Hanna hat so etwas zu mir nie gesagt. Und irgendwann sagt sie „Du" zu ihm. Möchte ich etwa, dass sie ihn begehrt? Ich höre nicht mehr genau, was sie ihm sagt. Klammheimlich verlasse ich die Küche und lasse die beiden. Er beginnt zu erzählen, wie es jemand täte, der lange weggewesen ist. Und sie atmet in tiefen Zügen. Das alles regt sie auf. Sie ist schön. Ich liebe sie. Doch ich hätte sie mehr lieben können, wenn ich mich hätte gehen lassen, wenn ich ihr vertraut hätte. Ich verlasse das Haus. Ich will nicht mit dem Fremden zusammen sein, weil ich unterliegen würde. Ich habe überall Verwundungen, und er ist ganz neu.

Der Abendwind ist eisig. Ich bin nur ein Staubkorn im Chaos des Universums. Nichts ist gewiss. Ich fürchte mich vor dem Frost. Er schneidet mir in die Haut wie ein Messer. Er drückt mich zu Boden wie das flutende Meer, unter dessen Wucht die Deiche brechen. Und dieser Frost ist überall und hat selbst von meiner Seele Besitz ergriffen.
Warum bin ich nicht im Haus geblieben?
Drinnen hinter der Fensterscheibe unter der Küchenlampe sehe ich sie reden mit ihren Lippen, mit ihren Händen, mit ihren Augen. Sagt sie ihm wirklich, dass er schön ist? Oder sagt sie es nicht? Oder will er es überhaupt nicht hören? Oder will er nur nicht enden, sie zu sehen, ihre Stimme zu hören? Ja, ist sie nicht irritiert, erregt es sie nicht, wie seine dunklen braunen Augen sie anschauen, als hätten sie sie eben erst gefunden? Jetzt kommen die Kinder in die Küche. Er, sie, die Kinder sprechen etwas, lachen miteinander. Es scheint, dass er die Kinder gleich ins Herz geschlossen hat. Und die Kinder lieben ihn sowieso. Die Kinder deuten mit ihren kleinen Händen auf seinen nackten Leib. Und meine Frau geht hinaus, um ein paar Kleidungsstücke von mir zu holen. Er soll sie tragen, bis ich wieder zuhause bin, er, der Fremde. Und der Fremde ist fast wie ich. Die Kleider passen ihm nicht gut. Sie sind aus zweiter Hand. Er beschwert sich nicht. Das karierte Hemd ist viel zu weit. Im Gegensatz zu mir hat er noch kein Übergewicht. Den Kindern ist das egal. Hauptsache er trägt meine Kleider. Das ist gut. Das

gefällt ihnen. Sie lieben ihren Vater, und ihr Vater liebt sie. Ihre Mutter kocht ihnen eine Suppe, und der Fremde isst mit. Mittendrin fragt Mirjam, meine kleine, schlaue Tochter, weil sie das sichere Gefühl hat, diese Frage heute stellen zu dürfen:" Warum schreibst Du eigentlich Geschichten, Papa, die erfunden sind?" Der Fremde sieht sie überrascht an. Erst ist er ernst und wartet mit der Antwort. Dann lächelt er und ist entspannt, wie er es in den letzten Minuten durch das Zusammensein mit Hanna, Mirjam und dem Jungen, der Johannes heißt, geworden ist. „Ich schreibe keine Geschichten mehr", antwortet der Fremde. „ Das war früher."

Bald werden die Kinder zu Bett gebracht sein. Sie sind beide sehr blass. Und bald wird der Fremde in meinem Bett mit meiner schönen Frau schlafen. Ich weiß noch, wie es in der ersten Zeit war. Lange her. Wir haben uns geküsst, und die Liebe war eine Zeitlang so einfach und voller Bewusstsein gewesen. Dann haben wir uns aneinander gewöhnt. Wir haben es hingenommen, der Besitzer des anderen zu sein. Und so geschahen die Besitznahmen im Laufe der Jahre immer beiläufiger. Bald wird er mit ihr schlafen. Es wird neu sein. Es wird nicht besser als mit mir sein. Das möchte ich hoffen. Sie, meine Hanna, ahnt nichts und weiß doch alles. Jeder Tag ist eine neue Verwandlung. Immer neue Metamorphosen und immer dasselbe Insekt."

4

Es war Abend geworden. Die Kinder lagen im Bett. Die Gutenachtgeschichte war längst vorgelesen. Ich lief irgendwo in der Welt herum und fror, und in der Küche saßen der Fremde und meine Frau und unterhielten sich. Im Radio liefen Boogies von Canned Heat, die diese schon in Woodstock gespielt hatten.

Sie erzählte ihm von Johannes, unserem Kleinen. Johannes war damals ein jähzorniges Kind. Er war zu allem fähig, wenn er wütend war. Und dann erzählte sie ihm von Mirjam, unserer Tochter, die so nachdenklich ist mit ihren fünf Jahren und so verschlossen wie eine verwunschene Prinzessin. Der Fremde hörte Hanna zu und nickte bisweilen wie ein Schauspieler, dem der Regisseur das Drehbuch erklärt. Hanna schenkte ihm ein Bier und dann noch eines ein. Ob sie glaubt, dass er dann lockerer wird? Ach, das sind Eifersuchtsgedanken. Aber zuviel sollte er nicht trinken!

Nein, er wollte auf keinen Fall, dass das Radio weiter lief, das Hanna eben erst eingeschaltet hatte. Die Musik war immer lauter geworden und der Sänger sang: „Well, I'm so tired of crying, but I'm out on the road again." Hanna beugte sich zu dem Radio hinüber und schaltete es aus. Da waren sie beide plötzlich einer Stille ausgesetzt, die sie aufregte und tief durchatmen ließ. Der Fremde betrachtete aufmerksam die Züge ihres Gesichts. „Hoffentlich langweilst Du Dich nicht mit mir?" sagte er. Seine Stimme zitterte. Sie schüttelte den Kopf und lächelte. „Ganz im Gegenteil. Ich bin voller Erwartung, was meinst Du." Er sah ihr zu, wie sie an einer Zigarette zog, wie beim Inhalieren ihre Nasenflügel bebten, wie ihr der Zigarettenrauch während des Sprechens aus dem Mund entwich. Damals rauchte sie noch. Er sah ihr zu, wie sie sich bewegte. Es waren langsame, doch jede ihre eigene Bedeutung betonende Bewegungen. Und es waren keine feinen, gezierten sondern rustikale und feste Bewegungen. Sie zögerte nicht. Sie machte den Eindruck, als wüsste sie genau, was gleich passieren würde, als müsste sie sich darüber keine Gedanken und keine Sorgen machen.

" Sieh mich an, Hanna! Ich bin Dein Mann! Las Dich nicht täuschen! Eben war mein Gesicht noch in Deinem Fenster, ein Gaffer, der von draußen reinguckt. Jetzt gehe ich weg. Für den Moment ist es zu spät. Nein, sie kann mich nicht mehr sehen und nicht mehr hören."

Ich stand draußen in der Nacht, kein Stern über mir. Kein Mond. Ich hatte Angst, dass ich einsam und verrückt werden würde, wenn Hanna mich endgültig verließe. Aber ich, nicht sie war gegangen. Auf meinem Stuhl in der Küche saß ein Fremder. Und er würde tausendmal ein Fremder bleiben, wenn er auch aussah wie ich und so sprach und so roch wie ich. Seine Seele war eine andere.

Das war alles nicht einfach zu verstehen, und ist es bis heute nicht. Und als ich damals in die Nacht und den aufsteigenden Nebel verschwand, hörte ich nicht auf, an sie zu denken. „Liebt er sie?" fragte ich mich. „Ja, wenn er sie wenigstens lieben würde…"
Am nächsten Tag wollte ich wiederkommen und Hanna fragen: „Warst Du mir treu?" Doch ich fühlte und ahnte, dass es eine schnelle Rückkehr nicht geben konnte. Hanna hatte weiße Haut und war schön und stolz. Ich weiß nicht, was zuerst da war: die Schönheit oder der Stolz. Sie hatte einen schmalen Körper und große Hände, mit denen sie mich jedes Mal berührte, bei der Hand nahm, mich die Treppe mit sanftem Druck empor führte und mich dann ansah. Doch das war nun Vergangenheit.

" Heute nimmt sie den Fremden mit ins Bett. Der soll in der

Nacht frieren, verdammt. Jeder Fremde soll in der Nacht in meinem Bett frieren, so dass er sich nach dem Ende der Nacht sehnt. Doch die Nacht soll nur langsam verrinnen, wenn er friert. Aber Du, Hanna, schlaf schön! Du kannst nichts dafür, dass alte Präsidenten den Krieg wollen, unheimlich gesund sind trotz ihres hohen Alters, die Welt unmerklich bebt und dass ich, dein eigentlicher Mann, draußen bin. Es ist eben passiert. Vielleicht ist alles egal. In drei Monaten ist der letzte Sauerstoff verbraucht. Jedenfalls sagt das ein Gerücht. Dann werden alle, Du, die Kinder, der Fremde und ich sterben.

Hanna, wie heißt denn der Fremde? Ach, Du kannst mich ja nicht mehr verstehen. Hanna!!!"

Und dann, dass weiß ich noch, beschrieb ich den Weg des Fremden hinaus in eine leere Welt. 2006

Die Wette mit Gott

Das Kiosk grenzte an die Mauer eines Kirchhofs an. Auf der gegenüberliegenden Seite der viel befahrenen Straße befand sich die Pforte des Strafgefängnisses von Obergrauen, ein gewöhnlich mit zwei uniformierten Beamten besetzter Glaskasten, und daneben vergitterte und mit Natodraht an den Regenrinnen gesicherte alte Sandsteingebäude.

Da kam ein dicker Mann des Wegs. Schweiß stand ihm auf der Stirn. Er ging zum Verkaufsschalter des Kiosks und verlangte nach einer Flasche Bier. „Das billigste", sagte er ohne Scham, als er nach der gewünschten Marke befragt wurde, „und bitte machen Sie es gleich auf!" Das hätte sich das junge Mädchen, das schon seit fünf Stunden in seiner Verkaufsbox zubrachte und zum Zeitvertreib einen kleinen Fernseher eingeschaltet hatte, eh denken kann. Er sah so aus, als würde er nicht selten sein Bier im Stehen trinken. Nachdem er den Preis in Münzen, die er so dahin warf, gezahlt hatte, nahm er die Flasche und begann sofort, nervös vor dem Kioskschalter hin- und herzulaufen. Er schien nicht ganz richtig im Kopf zu sein. In seinem großen runden Pfannkuchengesicht, weiß und talgig, war keine Spur von etwas. Er zündete sich eine Zigarette an, sog daran mit der Heftigkeit eines Säuglings, riss sie sich dann abrupt aus dem Gesicht und stieß den Rauch mit einem hörbaren Paff aus. Es war Frühling. Der Himmel war sonnig und blau. Der Mann richtete seinen Blick dorthin, als suchte er Gott. Und ganz in der Ferne zogen Wolken auf.

Einige Zeit später lehnte er an der Kirchhofmauer, die hinter dem Kiosk entlang führte, und starrte auf die große hölzerne

Kirchentür, die eine geschwungene geschmiedete Klinke hatte und fest verschlossen war. Der Weg, der zur Kirchtür führte, war frisch geharkt. Ein Apfel lag da, als hätte ihn jemand absichtlich für wen auch immer als Wegzehrung dahin getan.

Und dann kam eine Frau daher, eine junge schöne mit einem erröteten Gesicht, als wäre ihr eben etwas Peinliches passiert, das sie verbergen wollte. Sie trug ein langes dunkles Kleid und darüber eine Strickjacke, alles in matten unauffälligen Farben. Sie ging vorsichtig. Der Kies unter ihren Füßen knirschte kaum. Ihr Name war Hanna, und als sie heute Morgen aufgewacht war, hatte sie Matthias, ihren Mann, tot neben sich aufgefunden. Sie hatte sofort gemeint, als sie ihn neben sich gesehen hatte, dass etwas Fürchterliches geschehen war. Da hatte sie die Feder hervor geholt, vermutlich von einem Storch, die sie vor Monaten auf einer Wiese vor der Stadtgrenze von Obergrauen im Feld gefunden hatte, und Matthias, ihrem Mann, an Mund und Nase gehalten. Kein Härchen hatte sich bewegt. Alles war taub und still und reglos geblieben. Sie hatte nicht gewagt, ihn weiter anzusehen und zu untersuchen und war erschrocken hoch, hatte die Kinder geweckt, schnell angezogen und in den Kindergarten gebracht. Heimzugehen hatte sie danach Angst gehabt, und es war ihr eingefallen, in die Kirche zu gehen. Sie war sprachlos vor Schmerz, wohin hätte sie in diesem Zustand sonst gehen sollen, denn dort drinnen würde es still sein. Sie meinte schon länger, den Anforderungen des Lebens nicht gewachsen zu sein. Vielleicht waren die Kinder zu früh gekommen. Und Matthias war unzufrieden über alles gewesen. Jeden Tag, jede Sekunde. Auch wenn er es zu verheimlichen gesucht hatte, so war es ihm nicht gelungen. Vielleicht, dachte sie, haben wir es falsch angefangen. Und dann hatte er auch noch seine Arbeit verloren, weil er so jähzornig und rechthaberisch gewesen war, saß den halben Tag in der Wohnung herum und schrieb unverständliche Geschichten. Gestern Abend war eine Ruhe in ihr gewesen wie lange nicht mehr. Sie gab sich ihrem Mann hin, und er küsste sie aufmerksamer als sonst. Ob er etwas ahnte? Das war bestimmt nicht der Fall. Er war nicht viel anders als sonst gewesen. Eine Nuance sentimentaler vielleicht, genießbarer. Aber das sagt man sich im Nachhinein, wenn man schon weiß, was eingetreten ist. Er las gerade die Bibel, „aber nur wegen der Geschichten", wie er betonte. Und dann legte er das Buch, das ihm mal ein Kaplan geschenkt hatte, auf den Nachttisch, zog die Bettdecke hoch bis zum Kinn, Hanna löschte das letzte Licht, und draußen gingen junge Leute vorbei, die ein Volkslied in slawischer Sprache sangen. Und dann wurde der Gesang allmählich leiser. Er ergriff ihre Hand. Und dann ließ er sie nach einer Weile wieder los. Er machte bald laute Schlafgeräusche. Und sie war immer noch wach und hatte plötzlich Zuversicht. Als sie anderntags erwachte, fand sie ihn, wie gesagt, tot. Manchmal täuscht man sich eben über das, was stattfindet.

Jetzt war es ein paar Stunden später und sie ging langsam über den sorgsam geharkten Weg zur Kirchtür hin, öffnete sie und schlüpfte in das Gotteshaus hinein. Der Dicke nahm gerade einen Riesenschluck, zog hastig an einer Zigarette und blickte ihr neugierig hinterher. Obwohl er seit fast dreißig Jahren in Obergrauen lebte und seit vielen Jahren immer einen Blick auf die Kirche getan hatte, in der die Wallfahrer im September beten, war er noch nie drin gewesen. Es war aus Furcht. Und der Dicke ging zum Verkaufsfenster rüber, orderte noch ein Bier, das er sofort öffnen ließ, und zwei kleine Fläschchen Kräuterbrand und ging sofort an seinen Beobachtungsposten an die Kirchhofmauer zurück, von wo er die Tür der Kirche im Blick hatte und sofort mitbekommen würde, wenn die Blonde wieder raus käme. Was mochte die Frau in der Kirche tun? fragte er sich. Beten? Der Dicke verstand das nicht. Es ist Zeitvergeudung und Anmaßung, oder? Das dachte er. Er wusste es nicht besser. Gott gibt es nicht, dachte der Trinker, und rülpste. Mehr gab es nicht zu denken. Er würde demnächst ein drittes und vielleicht noch ein viertes und absolut nicht mehr als ein fünftes Bier aus einer Halbliterflasche trinken und zwischendrin ein wenig Kräuterbrand einstreuen, keinesfalls mehr. Dann würde er heimgehen, und das Wochenende begänne. Er hatte absolut keinen anderen Plan. Die Liturgie eines Besäufnisses, das er vorhin eingeleitet hatte, war allerdings durchaus planvoll. Ein bestimmtes Maß sollte nicht überschritten werden. Zum Schluss sollte sich das sinnlose Denken in seinem großen Kopf beruhigt haben. Doch der Trinker sollte nicht torkeln, wenn er dann heimginge. Er sollte noch festen Schrittes heimgehen, seine Türen im ersten Versuch öffnen können und dürfte dann, wenn es doch zuviel geworden war, wie tot ins Bett fallen.

Die Zeit an der Mauer und mit den Flaschen, die zu trinken Waltke, so war sein Name, sich zugestanden hatte, verging. Die Sonne wanderte ein bisschen. Nur er blieb stehen und wurde unruhiger. Den wachsenden Druck der Blase ignorierte er anfangs, und wenn es gar nicht mehr ging, würde er ihn gleich wie immer rausholen und diskret gegen die Mauer pinkeln Niemand würde davon Notiz nehmen, dachte er. Ansonsten beobachtete er so, wie ein Jäger sein Ziel avisiert, mit höchster Aufmerksamkeit die Tür der Kirche.

Plötzlich war er von einer Idee besessen. Plötzlich war die da. Eine Wette mit Gott. Er wollte unbedingt die Blonde noch in der Zeit die Kirche verlassen sehen, in der er an seinem fest geplanten Quantum trank. Wenn das geschähe, und sie herauskäme, bevor er den letzten Schluck aus der fünften Flasche genommen, bezahlt und sich zum Gehen bereit gemacht hatte, hatte er gegenuber Gott gewonnen. Nur wenn sie länger bei ihm drinnen blieb, dann musste der ein toller Kerl sein, und Waltke wäre der Verlierer. Aber wenn sie rechtzeitig herauskommen würde, hätte Gott nichts ausrichten können, und sie hätte sich für die Welt und irgendwie auch für ihn entschieden. Das hatte sich der Dicke zu Recht gelegt bei seiner langsam eintretenden Trunkenheit. Die Wette galt. Er trank weiter, und er tat das jetzt in einer ernsten, feierlichen Art und Weise.

Dann waren nur noch ein paar Schlücke in der letzten Flasche. Wenn der geleert wäre, müsste er gehen, und sein Gegner hätte gewonnen, wenn die blonde Frau nicht rechtzeitig käme. Trotzdem war der Dicke fair. Er wollte nicht mit unerlaubten Mitteln arbeiten. Auch den letzten Rest würde er in seinem gewohnten Trinktempo nehmen und nicht künstlich hinauszögern. Und wenn der getrunken wäre, würde er gehen, und wenn dann die Frau immer noch in der Kirche wäre, hätte er mit Pauken und Trompeten verloren.

Dann gab er also die letzte Flasche ab und wandte sich traurig zum Gehen. Er musste die Altstadt und dann die Zuckerstraße runter. Das Mädchen im Kiosk verfolgte soeben die Hochzeit eines Prinzen im Fernsehen und war ganz angetan von der Andacht, die zwischen den Brautleuten herrschte. Sie taten das, was sie taten, in dem Bewusstsein, dass es etwas Endgültiges und Heiliges war. So sah es jedenfalls aus.

Da! Im letzten möglichen Augenblick… Da! Kurz bevor die Niederlage in einem ungleichen Duell eingetreten wäre… Da öffnete sich die Kirchtür. Der Dicke sah es soeben noch aus den Augenwinkeln und blieb noch einmal stehen. Er musste sich andauernd Speichel wegwischen. Er blieb stehen und schaute rüber. Es war das letzte Drama des Tages, bevor er heimgehen und dort den Fernseher einschalten würde. Er war mit einem Mal so aufgeregt. Eine Person kam aus der Kirche. Aber wer war das denn? Die Blonde musste sich im Kirchinnern stark verändert haben. Denn die Blonde sollte es schon sein. Dann hätte er, der dicke Mann, der vor vielen Jahren zum letzten Mal bei einer Frau gewesen war und sie seitdem nicht mehr viel beachtet hatte, den Kampf gegen einen übermächtigen Gegner gewonnen. Punktum! Doch die Person, die jetzt auf den Kiesweg trat, war kleiner, ging gebeugt, und die graublonden Haare waren kurz. Sie trug Dauerwelle wie viele alten Damen. So alt war die Blonde doch gar nicht gewesen! Fünf Flaschen Bier und ein bisschen Brand! Der Dicke schüttelte mit dem Kopf. So besoffen konnten die ihn doch gar nicht gemacht haben. …dass dreißig oder vierzig Jahre so schnell vorbeigingen! Denn soviel älter war die neue Frau schon. War es auch dieselbe? Der Dicke sagte sich: Wenn es dieselbe ist, habe ich gewonnen. Aber was ist dann mit mir in der Zwischenzeit geschehen? Er befühlte seine Wangen, streckte hilflos seine Hände aus, um sie zu betrachten. Waren sie knorriger geworden, Altmännerhände? Gab es plötzlich Altersflecken? Geht das mit dem Älterwerden so schnell?

In diesem Augenblick kam Anstaltsleiter Grün des Wegs, der seit Jahren das Gefängnis auf der anderen Seite leitete. Er kannte Waltke aus beruflicher Vergangenheit. Und wie er nun sah, wie der mit seinen dicken Patschhänden ungelenk und scheinbar ohne Sinn in der Luft herumfummelte, rief er: „Waltke, Sie sind ja schon vormittags besoffen. Gehen Sie heim!" Und Waltke gehorchte und ging heim ohne die letzte Gewissheit über den Ausgang des von ihm angezettelten Wettbewerbes.

Hanna saß in der Kirche und weinte hemmungslos. Dann beruhigte sie sich und atmete ganz langsam ein und aus. Warum gerade heute? dachte sie. Soll er doch noch ein paar Jahre leben! Als sie dann nach ein, zwei Stunden, auch weil sie begann zu frieren, die Kirche verließ, war sie leerer als zuvor, so als hätte nicht nur die Todesnachricht sondern auch der Aufenthalt in diesem kalten Haus diesen Zustand bewirkt. Wenn sie daheim wäre, wollte sie als erstes ins Schlafzimmer; die Rollos hochziehen oder das Licht anknipsen. Dann würde sie den Arzt rufen, damit er die letzten Zweifel an Matthias' Tod beseitigen sollte.
Doch soweit kam es nicht.
Sie wollte die Haustür gerade aufschließen, als sie sich selber öffnete. Matthias stand da, so gesund wie immer, und lachte sie an. „Ich habe geträumt", sagte er, „dass es regnet. Doch die Sonne scheint." Hanna schüttelte den Kopf: „Nicht heute, erst morgen soll es regnen." Sie konnte nicht fassen, was ihr geschah, und verlor über das, was sich ereignet oder vielmehr nicht ereignet hatte, niemals in ihrem Leben ein Wort. Wer sollte das glauben?

Ein Paar Schuhe

1

Es war in der zweiten Hälfte der achtziger Jahre. Ich erinnere mich nicht spontan an die Jahreszeit. Vielleicht ein Tag im Frühling. Oder Herbst. Nein, es war Frühling. Ein grauer, nasser Frühlingstag, vielleicht mit einer aus dem Winter herrührende Restkälte. Oder ich war einfach nur zu dick angezogen, als ich morgens das Haus verlassen hatte. Und es war nicht mehr so kalt. Aber es regnete. Der Regen schlug gegen die Fensterscheiben, die alle zur Straße hinaus gingen.

Ich war im Büro, das sich im ersten Stock eines alten Wohnhauses an der Ausfallstraße nach Darmstadt befand. Viele Autos kamen zu jeder Tageszeit hier durch, spritzten jetzt Wasser hoch und machten ununterbrochen dröhnenden Lärm. An diesem Tag war ich allein im Büro, obwohl ich schon lang nicht mehr der einzige war, der für diesen Verein arbeitete, der sich um Haftentlassene und Obdachlose kümmerte. Aber die anderen waren gerade weg, einer vielleicht in einer Wohnung, die wir für die Klienten angemietet hatten, oder ein anderer auf einer Baustelle, die wir mit ihnen betrieben. Das hinterste Zimmer war meins, ein Schreibtisch, eine elektrische Schreibmaschine und ein Regal mit Leitz-Ordnern, deren Rücken mit fetten unschönen Buchstaben beschrieben waren, meinen Buchstaben.

Es ist mir immer wieder im Leben passiert, dass plötzlich eine halbe Stunde oder eine ganze anbrach, in der sich der Ablauf der Ereignisse quasi eine Auszeit nimmt, nichts geschieht, ich mich langweile und Angst habe, durch Nichtstun das Leben zu verpassen. Nicht dass ich Angst vor einem Chef gehabt hätte, der gleich eintreten und schimpfen würde, weil ich nichts Zielgerichtetes tat, denn ich hatte keinen Chef mehr außer mir. Aber ich machte mir selber Vorwürfe, obwohl ich nicht viel falsch machte und für den augenblicklichen Müßiggang nichts konnte. Wenn kein Hilfesuchender in die Sprechstunde kommt, was will man machen?

Es war ein Vormittag. Damals gingen auf dieser Straße mehr als heute Wanderer und Wohnungslose entlang auf ihrem Weg zwischen Aschaffenburg und Darmstadt. Und wir hatten in den Wohnheimen um Obergrauen herum, wo sie manchmal Halt machten, um zu übernachten, für unser Büro geworben und dass sie hier gern gesehen wären, Kaffee bekämen und wir ihnen helfen wollten, von der Straße weg zu kommen. Ich glaube, diese Art von Wanderern ist in den letzten Jahren weniger geworden, die groß- und kleinflächig nicht ohne logistisches Geschick die Republik durchziehen ohne Ziel, aber mit festen Routen. Witzigerweise würde gerade für die der Satz zutreffen „Der Weg ist das Ziel". Doch dem würden die Leute widersprechen, die diesen Satz immer wieder sagen. Dabei denken sie nämlich nicht an ungepflegte Berber, die im Rucksack eine halbvolle Flasche Doppelkorn mit sich tragen, sondern an anderes Personal, Mönche, einsam Suchende, wieder genesene Kranke und Sozialarbeiter mit psychotherapeutischer Zusatzausbildung. Doch die Berber und Wanderer von damals hatten die Wahrheit mehr als jeder andere verinnerlicht. Hätte sie jemand gefragt: Warum rennst Du schon seit 12 Jahren durch die Republik oder Du seit 25 Jahren? Was hätten sie geantwortet? Vielleicht, dass das ganze, im Vertrauen gesagt, eine See- und keine Landreise wäre und sie hätten noch nicht den geeigneten

Hafen gefunden. Auf offener See kann man nicht einfach haltmachen und einkehren, würden sie sagen. Oder was meinst Du?

2

Am Abend vorher hatte ich in der Bibel gelesen. Nicht dass ich gläubig war. Zumindest nicht so, dass ich dachte, in diesem Buch steht die Wahrheit und in den anderen nur die literarische Frucht großer Täuschungen. Es war damals so, dass ich viel in diesem Buch las, weil ich fand, dass es voller knapp und schön geschriebener Geschichten über Menschen ist, die Fehler machen und versagen und doch nicht aufhören weiterzugehen. Es sei denn, dass sie zu sehr der Vergangenheit anhängen. Dann kommt es vor, dass jemand zur Salzsäule erstarrt. Am Abend vorher war es das Johannes-Evangelium gewesen, in dem ich gelesen hatte, die Begegnung von Jesus mit Nicodemus und dass Jesus dem anderen sagt: „Der Wind weht wo er will. Wir hören sein Wehen, wissen aber nicht wo er herkommt und wo er hingeht." Ehrlich gesagt, habe ich das Ganze nicht hundertprozentig verstanden. Mit diesen Sätzen sollte etwas erklärt werden. Was? Ich kann es nicht sagen. Aber diese Worte hatten eine Anziehung auf mich ausgeübt, als hätte sie jemand nur deshalb geschrieben, damit ich sie endlich lese und aufmerke.

Nun saß ich also da und wartete auf Kundschaft.
Die kam dann auch.
Es hatte noch nicht aufgehört zu regnen. Ich hörte plötzlich, wie sich unten das alte Holztor öffnete und wieder schloss. Das konnte ich noch hören. Und dann kam jemand ganz langsam

über den kleinen Hof und die alte Außentreppe hoch, die in den ersten Stock führt, wo unser Büro war. Das hörte ich nicht mehr. Aber es war so, dass ich es mir denken konnte. Die Etagentür ging auf und schloss sich wieder. Dann geschah erst einmal nichts. Da im Flur musste jetzt jemand stehen. Deshalb stand ich auf, um nachzusehen, wer gekommen war.

Ein kleiner Mann.

Er nahm eben den tropfenden Rucksack vom Rücken und stellte ihn neben sich hin. Schnell bildeten sich um ihn herum kleine Pfützen. Und er richtete sich auf und murmelte eine Begrüßung. Das schien ihm unangenehm zu sein, jemandem Guten Tag! zu sagen oder ihm in die Augen zu schauen. Ein schmales Kerlchen. Sein Gesicht hatte er seit einiger Zeit nicht mehr rasiert. Sein Bart war löchrig. Grau war das Haar oder hellblond. Er war noch nicht so alt, keine vierzig. Wir standen uns gegenüber, ich meine, ein paar Momente zu lang. Er wusste nicht, was er tun sollte, und ich war überrascht. Warum? Dieser Mann war nichts Besonderes. Aber ich war gespannt. Man muss das nicht immer erklären. Ich zeigte ihm einen Haken im Flur, an den er seine Jacke hängen konnte. Dann bat ich ihn herein. Im vorderen Zimmer stand ein großer Tisch, mit sechs oder sieben Stühlen dran. Als er dahin ging, hörte ich, wie es bei jedem Schritt quatschte. Dieser träge quietschende Ton. Es waren seine Schuhe, die ganz nass waren, kleine zierliche schwarze Lederschuhe, deren Nähte eben dabei waren, für immer aufzureißen. Ich fand, dass diese Schuhe völlig ungeeignet waren für einen Mann, der einen langen Weg auf der Straße geht. Dann saß er an dem Tisch und schwieg weiter. Er wartete darauf, dass ich ihm etwas erlaubte. Er schien sich selbst nichts zu trauen.

„Kaffee?" fragte ich. Da nickte er, und ich ging ins Büro und holte eine Thermoskanne und eine frische Tasse, die ich vor ihn hinstellte und dann bis zum Rand hin füllte. Er trank einen kleinen Schluck, stellte die Tasse wieder auf den Tisch und sah hin und her, sagte aber nichts. Erst als ich ihm den Zuckertopf holte, nickte er dankbar und bediente sich.

Ich will schon einmal vorwegnehmen, dass es nur sehr wenige Worte waren, die wir an diesem Morgen miteinander tauschten. Wir bekamen keinen Draht zu einander, wie man so sagt. Wir verstanden uns nicht. Dafür war er zu zurückhaltend, und ich hatte keine Zeit, wenigstens glaubte ich das, und wie immer zu wenig Geduld. Ich hatte nie viel Geduld in meinem Leben. Schließlich bin ich kein Psychologe oder Pfarrer. Ich stellte mich ihm vor, sagte ihm meinen Namen und den Namen des Vereins, für den ich arbeitete.

„Und Sie? Ihr Name?" fragte ich schließlich.

Da holte er aus einer der vielen Taschen seiner Bekleidung ein Mäppchen hervor, das er aufschlug. Mittendrin lag ein grüner Zettel, der in der Mitte gefaltet war. Ich kannte solche Zettel und wusste schon Bescheid. Haftentlassungsbescheinigungen sehen so aus. Hier wurde ihm bescheinigt, dass er vor einem halben Jahr nach der Verweildauer von zwei Wochen aus der JVA Garmisch-Partenkirchen entlassen worden war.

„Waren Sie oft im Knast?"

Er schüttelte den Kopf. Es war der einzige Haftaufenthalt seines Lebens gewesen. Aber nach Vorlage dieser Bescheinigung hatten er schon an allen möglichen Orten zehn oder zwanzig Mark in Beratungsstellen bekommen, die sich um Haftentlassene und Bewährungsprobanten kümmern.

„Einen Personalausweis?"

Den hatte er nicht, nur diesen grünen Zettel. Jetzt erst sah ich, wie er hieß. Seinen Vornamen habe ich im Laufe der vielen Jahre vergessen, die mittlerweile abgelaufen sind, seinen Nachnamen nicht. Er hieß Nicodemus wie der aus der Bibel. Natürlich ein Zufall.

3

Ich glaube, während unserer kurzen gemeinsamen Zeit, die wir nahe bei einander auf der Welt verbrachten, haben wir uns niemals in die Augen geschaut. Er wollte und er konnte es einfach nicht. Es war nicht fehlender Mut. Eher fehlendes Vertrauen, nicht nur in mich, und fehlende Hoffnung. Vielleicht hielt er sowieso nicht viel von Sozialarbeitern wie mich und befürchtete, mir dies durch einen widerwilligen Blick direkt in meine Augen zu verraten. Und er war sicher kein Betrüger, der es kann, sich anders zu geben, als er sich fühlt. Oder er wollte es einfach nicht. So blieb es ziemlich einsilbig zwischen uns.

„Um was geht es Ihnen denn?" fragte ich, denn er musste doch ein Anliegen haben, dessentwegen er gekommen war.

Er rutschte mit dem Stuhl etwas zurück und sah an sich herunter. „Die Schuhe…" sagte er. Er hatte sie nebeneinander auf den Boden gesetzt. Beide standen in einer Wasserlache. Ich hatte sie vorhin schon im Flur gesehen. Sie waren eine Katastrophe. Die Nähte waren geplatzt, und die Sohlen lösten sich.

„Das sind nicht die richtigen Schuhe", sagte ich. Da nickte er und lächelte dankbar. Er wollte also richtige Schuhe. Diese, die gerade auseinander fielen, erzählte er mir dann, hatte er in der Kleiderkammer einer Kirchengemeinde erhalten, das abgelegte Paar eines Gerichtspräsidenten, wie ihm eine Mitarbeiterin von dort erklärt hatte, damit er auf etwas Bedeutendes, das er besaß, stolz sein könnte. Doch diese Schuhe, dass hätte die Frau sehen können, waren nicht die richtigen für Nicodemus, der über Land ging.

„Sie haben Glück", sagte ich ihm. „Gerade heute ist ein Zimmer in einer Wohnung bei uns frei geworden. Das können Sie haben. Sie könnten auch in unserem Arbeitsprojekt tätig werden. Sie haben Glück. Überall ist etwas für Sie frei. Können Sie anstreichen?"

Er nickte. Das wäre sein gelernter Beruf, Anstreicher. Das wäre kein Problem.

„Wollen Sie das Zimmer?"

„Natürlich", antwortete er, als wäre, ein Zimmer bei uns zu wollen, das Selbstverständlichste der Welt, und es wäre eine Beleidigung, wenn ich ihm etwas anderes unterstellen würde, nämlich dass er stattdessen lieber auf der Straße lebte.

Ich ging rüber ins Büro und telefonierte mit dem Sozialamt, das sich in Obergrauen im Schloss befindet. Heute ist das kaum zu glauben. Aber damals war es so, dass ich einfach anrief. Ich musste keinen schriftlichen Antrag stellen. Ich beantragte mündlich im Auftrag eines Klienten beim stellvertretenden Leiter des Amtes die Kosten, die der Erwerb eines festen Paars Schuhe verursachen würden, richtige Wanderschuhe. Und der Leiter des Amtes genehmigte es mir unter der Bedingung, dass ich mit dem Antragsteller den Einkauf durchführen sollte.

„Geben Sie ihm auf keinen Fall Geld!"

Unser Verein hatte damals schon genügend Rücklagen, um einmal neben der Reihe ein Paar Schuhe für einen Wanderer zu kaufen. Doch das Geld des Vereins hätte ich niemals angerührt. Auch wenn ich ein großer Kritiker des Landes war, in dem ich lebte, glaubte ich doch an es. Ich glaubte fest daran, dass es ein

Wohlfahrtsstaat war, der seine Leute nicht verkommen lässt. Der hätte auf jeden Fall die Sorge für einen schuhlosen Wanderer übernommen. Vielleicht sträubte er sich ein wenig. Doch dafür, das dachte ich, sind wir Sozialarbeiter da, ihm zu helfen, sich von seiner besten Seite zu zeigen. Hätte ich nun dem Nicodemus aus eigener Tasche die Schuhe bezahlt, hätte ich denselben Fehler gemacht wie ein Vater, der seiner Tochter immer die Schuhe bindet. So lernt sie es nie. Er muss die Geduld und die Nerven behalten, es nicht für sie zu tun, und abwarten können, bis sie es selber macht. Er kann es ihr ja wieder und wieder zeigen.

Ich hatte also Erfolg. Es lag wohl auch daran, dass der Umfang und die Form des Hilfebedarfs, wie er hier geäußert wurde, so klar und übersichtlich war. Und sicherlich käme auch nichts mehr nach. Schuhe, mochte sich der Amtsleiter denken, sind schließlich zum Weggehen da. Dann sagte ich meinem Besucher, was die Bedingung für den Schuhkauf war. „Lassen Sie uns losgehen", sagte ich, „auf der Zuckerstraße ist ein gutes Schuhgeschäft."

Erst wollte ich ihm vorschlagen, seinen Rucksack hier im Büro stehen zu lassen, denn später wollten wir ja mit dem Bezug des Zimmers, das ich ihm angeboten hatte, alles klarmachen. Doch dann besann ich mich eines anderen. „Nehmen Sie ruhig den Rucksack noch einmal mit", sagte ich. Eigentlich war das eine unsinnige Mühe, die ich ihm da aufbürdete. Doch er fand das offensichtlich gar nicht und nahm sein Zeug sofort hoch.

Das Schuhgeschäft war nicht weit. Nicodemus stank nach Rauch und etwas Fauligem. Die Verkäuferin war trotzdem sehr freundlich zu ihm. Vielleicht weil er mitleiderregend aussah und sich stumm und brav verhielt. Sie nahm also ein paar feste Wanderschuhe aus dem Regal, führte die Schürsenkel bis zum obersten Loch ein und forderte den Wanderer auf, seine Schuhe auszuziehen. Das war ihm unangenehm. Als er es tat, begann es sofort, noch übler zu stinken. Offensichtlich hatte er in der letzten Zeit die Fußpflege ein wenig vernachlässigt. „Wir kaufen auch noch ein Paar Strümpfe", sagte ich der Verkäuferin und bat ihn, die Strümpfe auszuziehen.

Dann brachte die Verkäuferin neben den wasserabweisenden halbhohen Wanderschuhen noch ein paar Strümpfe. Nicodemus zog das alles an, und jetzt, als er die Schuhe an den Füßen trug und hin und her ging, strahlte er. Sie gefielen ihm sehr.

„Die Schuhe sind robust und halten eine Ewigkeit", erklärte die Verkäuferin, und Nicodemus nickte. Ich musste ihn nicht extra fragen, ob alles richtig war. Er ließ Schuhe und Strümpfe gleich an, und die Verkäuferin trug die alten Sachen von ihm mit spitzen Fingern weg. Wir gingen zur Kasse. Ich zahlte für ihn, und kurz danach standen wir beide wieder draußen auf der Zuckerstraße.

„Wenn Sie das Zimmer wollen", sagte ich kurz darauf, bevor wir uns trennten, „kommen Sie nach der Mittagspause um zwei Uhr noch einmal ins Büro."

„Ich werde da sein", sagte er. Es klang wie bei einem Kind, das gehorsam sein will. Bereits in diesem Augenblick wusste ich, dass es anders kommen würde.

Als er sich die Straße entlang Richtung Marktplatz entfernte, war es das letzte Mal, dass ich ihn sah. Er ging ein wenig vornüber gebeugt. Er kam weder um 2 Uhr noch später. Ich habe ihn niemals mehr in meinem Leben gesehen oder von ihm gehört.

Sein Weg auf der Straße war an diesem Tag eben noch nicht zu Ende gewesen. Heute vielleicht schon.

2012

Segen der Erde

1

Gessler nahm seinen Sohn gern mal mit. Gern fuhr er mit ihm nach Frankfurt, gern, wenn es nicht mehr ganz so hell war, und der Junge sollte sich auf keinen Fall mucksen da hinten auf dem Sitz, ihn musste ja niemand bemerken, denn es war schon vorgekommen, dass so eine dreckige Schlampe, die er sich in der Nähe vom Bahnhof eingeladen hatte, zum Schreien angefangen hatte, als sie den Bub hinten entdeckte, während sie dabei gewesen war, ihm einen zu blasen.

„Du bist ja pervers!" hatte die geschrien, und das Geld hatte sie schon vorher gekriegt und war aus dem Auto, obwohl Gessler noch gar nicht abgespritzt hatte.

„Das gehört sich nicht, " hatte er später seinem Sohn eine Lektion mitgegeben, „das Geld einsacken, wenn noch nicht die ganze Leistung erbracht ist." Und der Sohn hatte geschwiegen. Er war ein bisschen ängstlich. Überhaupt hatte er schon lange nichts mehr gesagt, denn dann war er im Zweifelsfall auf der richtigen Seite.

„Warum nimmst Du ihn mit?" hatte seine Frau einmal gefragt, als sie ihren ganzen Mut zusammen genommen hatte.

„Er soll sehen, wie es geht in der Welt. Du weißt, wie es ist mit den Frauen und so…", hatte er ihr überraschenderweise ganz freundlich geantwortet, als wäre die Frage durchaus berechtigt gewesen und er hätte dadurch endlich die Möglichkeit gefunden, einiges richtig zu stellen.

Da hatte seine Frau nichts weiter gesagt, denn sie hatte ein empfindliches Gesicht, das nicht zerschlagen werden sollte, und eine große Angst. Und sie wusste auch schon gar nicht mehr, wann die Angst angefangen hatte, ihr Leben zu bestimmen. Eigentlich war die schon immer da gewesen, solange sie sich erinnern konnte. Und die beiden Buben wagte sie nicht mehr in den Arm zu nehmen. Denn sie hatte sie verraten. Das wusste sie. Eine Mutter muss sich für ihre Kinder opfern. Doch sie hatte sie verraten, weil sie eine große Schiss vor ihm hatte, obwohl er sie eigentlich nur selten geschlagen hatte. Seine Drohungen hatten meist ausgereicht und der helle, piepsende Ton in seiner Stimme, als wäre er ein Kastrat. Manchmal behandelte er sie wie Kehricht, wenn er sie achtlos aufs Bett warf, und manchmal noch viel schlechter als die Nutten vom Hauptbahnhof. Nein, die waren für ihn noch ernst zu nehmende Geschäftspartner. Aber sie war gratis. Sie war absolut nichts wert. Wenn er sie fickte, was er immer dann tat, wenn er es wollte, war es so, als machte er es mit einer aufgeblasenen Figur, die man irgendwo kaufen kann. Vielleicht gab es sogar welche, die quietschten, seine Frau tat das leider nicht. Längst hatte er vergessen, wer sie war. Denn es war nicht von Anfang an so gewesen, das sie keine richtigen Menschen mehr waren. Das hatte sich vielmehr im Laufe der Zeit so eingebürgert, dass sie beide so herz- und leblos geworden waren. Ihre Augen waren immer angsterfüllt. Das einzig Lebendige an ihr waren ihre angsterfüllten Augen. Später, als schon alles aus war, dachte er manchmal darüber nach, dass nicht er der Schuldige daran war, dass er sich zu so einem Mistkerl entwickelt hatte, sondern sie. Sie war eine klassische Mitläuferin gewesen. Sie hätte sich einfach mal wehren sollen. Das hätte ihm richtig geholfen.

Aber so, wie es war, ging es auch. Nach Frankfurt nahm er jetzt immer den Kleinen mit. Der ältere Junge hatte irgendwann mal, als er noch dran war, sich die Lutscherei anzugucken, die billiger war als ordentlicher GV, so erbarmungswürdig geweint, dass Gessler ganz aufgebracht war und seine Frau gefragt hatte, ob der Junge irgend einen psychologischen Fehler hätte. Sie hatte nichts dazu gesagt, aber er hatte dann soviel Feingefühl, dass er dachte, dieser Junge ist für die große Welt nicht geschaffen und nahm dann nur noch den Kleinen mit, der niemals heulte sondern nur eisern schwieg. Dieses Schweigen nahm dann immer größere Ausmaße an. Es begann damit, dass er mal einen ganzen Tag kein einziges Wort sagte. Selbst in der Schule nicht. Dann kam das öfter vor, und die Klassenlehrerin bat die Eltern zu einem Gespräch, um zu ergründen, was mit ihm los war.

Der Kleine hieß Jonas. Gessler war wütend, dass er damals bei der Namensgebung seiner Frau nachgegeben hatte. Nur damals hatte er selbst keinen eigenen Namen mehr parat gehabt. Den ersten Sohn hatte er Konrad genannt nach dem ersten Kanzler der Republik, obwohl er ihn niemals live erlebt hatte. Dafür war er zu spät geboren. Doch die Geschichten über den Alten aus Rhöndorf hatten ihm über alle Maßen gut gefallen, dass er seinem Sohn diesen Namen unbedingt hatte mitgeben wollen. Den zweiten Sohn hätte er dann Ludwig nennen können nach dem zweiten Kanzler der Republik. Der war auch nicht schlecht gewesen. Doch dieser Kanzler war, er hatte Bilder von dem gesehen, viel zu fett gewesen. Darüber hinaus hatte der Zigarren geraucht. Auch das fand Gessler nicht vorbildhaft. So war er nach der Geburt des Zweiten ratlos gewesen und hatte sich in den Namensvorschlag seiner Frau gefügt. Jonas also. Auch wenn ihm der Name überhaupt nicht gefiel, war der Junge, der ihn trug, mehr nach Gesslers Geschmack als Konrad. Jonas' Schweigerei ging ihm gehörig auf die Nerven. Das war immerhin das einzige Problem. Mehr Probleme machte Jonas nicht.

Konrad, der ältere, hatte allerdings irgendwann ein Gespräch mit dem Schulpsychologen und dann noch eins, und dann hatte er begonnen, sich zu öffnen, wie es der Schulpsychologe später ausdrückte. Und damit fing die ganze Scheiße an. Gessler wurde angezeigt. Aber wie nennt man die Straftat? Nur weil der Bub mit nach Frankfurt zu den Nutten mitgemusst hatte? Irgendein Paragraph stand in der Anzeige drin, die man ihm zustellte. Er hätte Konrad ja gern in den Senkel gestellt. Er hätte wissen müssen, dass man den Leuten vom Schulamt nicht alles erzählt. Doch an diesem Tag war Konrad bei einer Klassenfahrt, von der er niemals mehr zurückkommen würde. Das Jugendamt wies ihn unmittelbar danach in eine Pflegefamilie ein, die geschult war, mit solchen Fällen umzugehen, und bestellte gleichzeitig das Ehepaar ins Amt. Auch Jonas, der Kleine, sollte aussagen. Glücklicherweise schwieg er mittlerweile komplett. Er schwieg nun nicht mehr einen Tag oder zwei sondern jeden Tag, den Gott werden ließ. Wären alle Menschen so wie er damals gewesen, hätten sie auch gleich Fische werden können.

Merkwürdigerweise war Frau Gessler wegen der Herausnahme ihres Älteren aus der Familie nicht betrübt sondern erleichtert. Sie wusste schon, dass Konrad niemals mehr wiederkommen würde und war sich sicher, dass der Junge sie später noch mehr verachten würde als den Vater. Ihr Mann hatte wegen der Herausnahme einmal einen Schreianfall. Danach suhlte er sich in Selbstmitleid wegen der unmenschlichen Vorgehensweise des Amtes, fügte sich aber dann überraschend schnell drein. Nach

Frankfurt fuhr er auch nicht mehr. Dies lag allerdings auch an seiner neuen Arbeitsstelle als Totengräber. Er war nun bei vielen Trauerzeremonien dabei und fand, dass sich das nicht mehr schickte, das mit den Nutten und so. Er begann aber nun, Jonas von seiner Arbeit auf den Gräberfeldern zu erzählen, auf die er stolz war, und die Verantwortung, die er dabei trug, wenn er mal wieder ein neues Loch für einen Menschen ausheben musste.

2

Eines Tages erwachte Soraya aus dem Schlaf. Gessler lag neben ihr und schnarchte noch, kein schlimmes Schnarchen. Es war zum Aushalten. Sie sah auf den Wecker. Es war fünf Uhr morgens. Gessler würde erst eine Stunde später aufstehen. Es war das erste Mal, dass sie so früh aufwachte. Sie war ganz froh und dachte sich: Ich habe eine ganze Stunde Zeit, um nachzudenken. Natürlich hatte sie Angst vor ihm. Doch sie musste sich eingestehen, dass es lange her gewesen war, dass er sie geschlagen hatte. Er hatte ihr immer volle Kanne ins Gesicht gehauen, keine Ohrfeigen, immer Faustschläge, als stünden sie im Ring und sie wäre der Boxer, der nicht schlagen durfte, woran sie sich dann gehalten hatte, und er der andere. Natürlich war das ein unfairer Kampf gewesen. Das war nun lange her. Seitdem Konrad weg war, war es nicht mehr passiert. Er war auch vorsichtiger geworden und hatte sogar mal versucht, sie zärtlich zu küssen, während sie gefickt hatten. Sicher war das gut gemeint, aber es war nicht gut gewesen. Das war für sie eklig. Sie hatte es nicht mehr gewollt. Die Zeit des Küssens war vorbei. Das hatte Soraya in ihrer Kindheit mit einem Jungen gemacht. Sie erinnerte sich gern daran. Doch mit Gessler wollte sie das nicht mehr. Sie erinnerte sich daran, wie ihr Mann ihr zum ersten

Mal von einem Frankfurter Bahnhofsbesuch erzählt hatte. Damals war noch Konrad und nicht Jonas mitgekommen. Sie hätte schreien können, als sie seine Geschichte gehört hatte. Doch Gessler fand nichts dabei. „Wir sind doch frei", hatte er gesagt. Und die Nutten kriegten schließlich Geld dafür. „Du musst nicht eifersüchtig sein", hatte er noch gesagt, als wäre Eifersucht jemals ein Problem zwischen ihnen gewesen. Ich hätte etwas tun müssen, dachte Soraya, auch wenn er mir dafür eine rein gehauen und mir das Gesicht demoliert hätte. Aber ich hatte so eine Scheißangst. Woher die nur gekommen war. Eigentlich war die eher da gewesen als Gessler. Der war gekommen, als sie bereits diese Angst gehabt hatte. Vor ein paar Tagen hatte Gessler etwas nebulös eine Entschuldigung hervor gestammelt, nicht richtig gesagt, wegen was. Offensichtlich hatte er gemeint, die Ursache für die Entschuldigung wäre klar und müsste nicht mehr ausgesprochen werden, als gäbe es das. Gelegenheiten, in denen man entpflichtet ist, die Dinge beim Namen zu nennen, weil doch alles klar ist und zudem peinlich. Vielleicht wäre es anders gewesen, er hätte es ausgesprochen, seine ganzen Schweinereien. Doch das hatte er nicht getan, sondern war vornehm und diskret geblieben. Diese gewichtslose Entschuldigung hatte bei Soraya eine Wirkung, die Gessler nicht beabsichtigt hatte. Jetzt verachtete sie ihn. Vielleicht hatte sie es vorher schon getan. Aber jetzt dachte sie es auch mit diesen Worten: Ich verachte ihn. Er ist ein widerwärtiger Kerl. Vielleicht wäre ihre Verachtung weniger schlimm gewesen, hätte Jonas wieder angefangen zu sprechen. Doch er schwieg und dachte nicht daran zu reden.

In dieser einen Stunde zwischen ihrem Aufwachen und dem Klingeln des Weckers um 6 nahm sich Soraya etwas vor und sie setzte es in den nächsten Tagen in die Tat um.

Die finanziellen Angelegenheiten der Familie lagen meist bei ihr, weil er sich damit nicht abgeben wollte und weil er dafür auch zu dumm war. Sie zahlte zum Beispiel jeden Monat die Miete mit einer per Hand ausgefüllten Banküberweisung. Dies tat sie nun zum ersten Mal nicht. Sie verweigerte die Zahlung der Monatsmiete. Auch die nächste. Gessler, der jeden Morgen voller Inbrunst auf den Friedhof ging, bekam davon nichts mit. Auch die folgenden Mahnungen der Wohnungsgesellschaft unterschlug sie ihm, auch das Schreiben vom Gericht, weil eine Räumungsklage anhängig wurde. Zu dem Gerichtstermin ging Soraya nicht hin. So erfolgte ein Versäumnisurteil, und nach Verstreichung der Einspruchsfrist wurde das Urteil rechtskräftig, und es erging ein Räumungstitel an den Vermieter, der diesen Titel an einen Gerichtsvollzieher weiterleitete. Auch das Schreiben des Gerichtsvollziehers, in dem dieser den Tag der Zwangsräumung ankündigte, unterschlug Soraya ihrem Mann.
Am Tag der Räumung ging er wie gewohnt zur Arbeit. Soraya nahm den kleinen Jonas und fuhr mit ihm zum nächsten Frauenhaus, dessen Adresse sie sich besorgt hatte. Die schickten sie sofort weiter an ein Frauenhaus in Lübeck, um ihre Spuren zu verwischen. Und als Gessler abends heimkam, saß sie mit dem Jungen im Zug und war dorthin unterwegs. Als er merkte, dass er die Wohnungstür mit seinem Schlüssel nicht öffnen konnte, schlug er sie ein und sah nur leere Zimmer. Denn die Einrichtung hatte die vom Gerichtsvollzieher beauftragte Spedition ausgeräumt und in ein Depot zwischengelagert. Gessler wusste

das zu diesem Zeitpunkt noch nicht, er wusste überhaupt nicht, was los war und rannte raus auf die Straße, wo ihm dann ein freundlicher Nachbar erzählte, was passiert war. Denn der Nachbar hatte schon immer alles mitgekriegt.

3

Einen Monat später wohnte Gessler in einem Obdachlosenheim. Auch hier ging er pflichtschuldig seiner Arbeit nach. Er hatte nach der Räumung keinen einzigen Tag auf dem Friedhof versäumt, denn er wollte nicht auch noch die Arbeit verlieren. Soraya hatte durch eine Rechtsanwältin die Scheidung eingereicht, und ihm war das, ehrlich gesagt, mittlerweile ziemlich egal. Er wollte sie und die Blagen nicht mehr sehen. Die Mitbewohner im Heim waren ihm auch zuwider. Sie soffen ihm zuviel. Doch er kam leidlich mit ihnen aus und mit den Sozialarbeitern, die hier tätig waren, er war ein ruhiger Mann. Damals lernte ich ihn kennen. Natürlich hat er mir seine Geschichte anders erzählt. Ich nahm mit einer Kollegin in Lübeck Kontakt auf, die Soraya betreute und die mir drohte, sollte ich dem Gessler den Aufenthaltsort seiner Frau verraten. Die Drohung war unnötig. Gessler wollte es gar nicht wissen. Kurze Zeit später half ich ihm, eine Einzimmerwohnung in der Stadt anzumieten. Damit war aus meiner Sicht die erfolgreiche Reintegration eines Nichtsesshaften gelungen. Ich weiß nicht, was danach noch aus ihm geworden ist. Er trank keinen Alkohol mehr, und er war, wie er mir einmal verriet, strikter Vegetarier. Gute Voraussetzungen eigentlich. Ich habe nichts mehr von ihm gehört, was in der Regel für uns ein gutes Zeichen ist.

Einige Zeit später traf ich einen Kollegen, der in einem

Kinderheim arbeitet, das am Rande der Stadt liegt. Er erzählte mir von Konrad, dem älteren Sohn, der mittlerweile in diesem Heim lebte, und wie schlimm der Junge war. Er war in die Pubertät gekommen. Dauernd nahm er seinen erigierten Penis raus und zeigte ihn den Mädels vor und lachte. Er erzählte von seinem Vater, der damals das ganze Bahnhofsviertel in Frankfurt aufgemischt hätte und die Weiber hätten an seinen Lippen gehangen, so toll wäre der gewesen. Die Einweisung in die Jugendpsychiatrie stände kurz bevor.

Diese Geschichte machte mir Angst. Deshalb rief ich am nächsten Tag noch einmal die Kollegin in Lübeck an und fragte, wie es dem Jonas bisher ergangen war, dem kleinen Bruder. „Jonas", sagte die, „der ist schon lange nicht mehr da. Ein Kollege betreut ihn. So ein Projekt für Trebegänger. Er schläft in der Nähe vom Bahnhof oder lässt sich von irgendwelchen Leuten über Nacht mitnehmen, die sagen, dass sie es gut meinen. Bei manchen ist das auch so. Es gibt erste Erfolge mit ihm. Jonas hat zum Beispiel wieder angefangen zu sprechen." „Und die Mutter?" fragte ich. „Die macht eine Therapie. Sie hat ein Angstsyndrom, und sie hat, wie Du weißt, viel mitgemacht mit diesem Schwein. Wir kümmern uns um sie."

Wie gut, dachte ich, dass es die Sozialarbeit und Leute wie mich und meine Kollegen gibt, die den Menschen helfen. Es ist ein Segen der Erde. (2012)

Zwei Enden

„Er lag auf der Couch und schlief. Es gab so ein leises ratterndes Schnarchen. Würde sie ihn auf die Seite drehen, würde das aufhören. Sie kannte ihn schließlich 20 Jahre. Doch er lag auf dem Rücken, und er war ihr schutzlos zugewandt.

Sie war seine Frau, und sie dachte, es ist gemein, dass er so schutzlos daliegt. Wie kann da meine Wut groß bleiben?

Er war jetzt wie ein Kind in ihrer Obhut. Und sie empfand wider Willen Zärtlichkeit ihm gegenüber, der sie früher wie ein Stück Fleisch behandelt hatte, trotz aller Wut, oder war es sogar Hass? Er hatte nie Lebensart gehabt. Er hatte nie zeigen wollen, wie unerfahren er war. Er hatte nie zeigen können, dass er sie liebte. Aber schon bald, nachdem sie seine Frau geworden war, wurde ihr klar, dass er sie um keinen Preis quälen wollte oder demütigen, dass er ihr keine Gewalt antun würde. Sie bereute es in den nächsten Jahren nicht, diesen inneren Widerstand gegen seine körperlichen Überrumpelungen aufgegeben zu haben. Er wollte sie nur lieben, wie man das eben sagt. Und sie ließ sich von ihm lieben. Und als er sie küssen wollte mit seinem albernen Walrossbart, da ließ sie sich auch küssen.

Sie stand vor ihm und wusste, dass es gleich passieren würde. Welches Schießinstrument hielt sie nur in der Hand? Sie hatte es sich in den letzten Tagen durch den Freund ihres Vaters besorgt. Sie hatte sich dessen Handhabung zeigen lassen. Sie hatte es geladen. Sie war in diesem Tun voller Hast gewesen, als müsse sie sich beeilen. Denn es musste geschehen, bevor er sie verlassen hatte oder aufgewacht wäre.

Warum wollte sie ihn töten?

Dann gäbe es ihn nicht mehr!
Sie wollte, dass es ihn nicht mehr gäbe. Ihm war doch alles gleich. Er hatte bereits seine Familie zerstört, seine Ehe, glaubte sie. Vor zwanzig Jahren hätte er es ruhig tun können, da hatte sie ihm noch nicht ein einziges Mal vertraut. Doch jetzt war der Schmerz zu groß. Noch war die Ehe an der Oberfläche heil. Und wenn es jemand beenden sollte, dann sie, seine Frau, die alles Recht dazu hatte. Er hatte kein Recht.
Warum denke ich die Gedanken nicht zu Ende? dachte sie, z.B., dass er gar nicht so schlecht ist. Warum lasse ich mir keine Zeit dafür? Warum denke ich nicht darüber nach, wie es sein wird, wenn er tot ist? Darüber denke ich nicht nach. Ich habe mehr Angst vor den Gedanken als vor der Tat, solange ich über sie nicht nachdenke.

Eben hatten sie sich noch gestritten, und er hatte geflucht: Deine verdammte Eifersucht kotzt mich an!
Doch sie dachte nach wie vor, eine begründete Eifersucht ist keine Eifersucht im klassischen Sinne, denn die gibt mir alles Recht, weil sie auf Fakten beruht. Tatsächlich handelte sie wie eine Süchtige, wie eine Schlafwandlerin. Er verletzt mich, dachte sie.

In der Anfangszeit ihrer Ehe hatte sie Widerwillen davor gehabt, dass er zu ihr kam, bevor sie dann später begonnen hatte, seine Liebe zu spüren und sie zu wollen. Und jetzt war es ihr peinlich, ja, sie schämte sich, dass er sich Nacht für Nacht neben sie legte und sie nicht begehrte. Als hätte sie einen Ausschlag. Früher hatte er sie geweckt. Er hatte ihr mit ungelenker Kraft die Kleider vom Leib gezogen und drang in sie ein, ohne auch nur auf ein Zeichen ihres Einverständnisses zu warten. Und jetzt lag er nachts nur noch neben ihr und schnarchte sein leises Schnarchen. Und sie lag immer noch wach, tastete an ihm herum und ließ es dann bleiben.

Wie konnte er nur schlafen? Er vertraute ihr? Wie konnte er nur? Und doch hatte er natürlich allen Grund. Er konnte sicher gar nicht glauben, dass sie es tun würde. Doch wie konnte er nur daran zweifeln nach allem, was er ihr angetan hatte. Es war ein Verbrechen, dass er nicht mehr zu ihr kam. Es war ein Verbrechen, dass er ihr nicht bisweilen das Handtuch vom Körper zog, wenn sie aus dem Bad kam, und sie war rot geworden, und ihr war heiß. Er hatte sie wollüstig betrachtet. Ihn dabei zu sehen war schöner wie ein Blick in den Spiegel. Ja, ihr Mann hatte sie immer begehrt. Ein schöner starker Mann mit einem albernen Walrossbart. Selten fuhr sie mit ihrer Hand über seinen Körper, wie er es bei ihr tat. Sie waren Mann und Frau gewesen. Die zwei Kinder, die sie geboren hatte, liebte er, wie fast alle Väter ihre Kinder lieben. Er war keine Ausnahme. Die Kinder spürten seine Liebe, auch wenn er bisweilen zu streng gewesen war, aber nicht ungerecht oder böswillig. Er war nur streng. Doch diese Strenge war so albern wie sein Bart. Sie wurzelte einzig und allein darin, dass er plötzlich sein eigener Vater sein wollte und dessen Vater und so weiter. Ihm fehlte die Lockerheit, ein netter Papa zu sein. Und jetzt lag er da und schlief.

Hätte er sie nur nie betrogen, wäre das alles nicht passiert. Nun war es zu spät. Der Zug rollte. Er hatte sie garantiert betrogen, doch sie wollte keine andere Frau neben sich dulden. Und doch ließ er sich mit ihnen ein. Wie sonst wäre es möglich, dass er sie nicht mehr anrührte? Weil sie so hässlich geworden war? Ein schlimmer Gedanke so zerstörerisch wie ein Eisen fressender Wurm. Ein Mann braucht das doch. Das wußte sie besser als andere Frauen. Auch eine Frau braucht das.

Du ekelst mich an, hatte er vor einer Stunde gesagt. Deine Eifersucht macht Dich hässlich. Wenn ich Dich jetzt umarmen würde, wäre es so, als würde ich Dir Recht geben. Schau Dich doch an… Sie wußte, wie sehr sie sich verändert hatte. Sie war dünn geworden. Sie zehrte sich von innen heraus auf.

Eigentlich, dachte sie, will ich Dich gar nicht töten, sondern ich töte mich. Nein, dachte sie, ich bin beinahe tot. Und den Rest wollte sie jetzt gleich mit erledigen. Du bist mein Mann, dachte sie, während er schlief. Ich möchte nicht, dass Du zu einer fremden Frau gehst. Du sollst nur mich haben.

Sie entsicherte die Waffe. Welche Scham…

Er würde sie verlassen, das hatte er gesagt. Er würde sie einfach zurücklassen wegen einer anderen. Und mit der würde er durch die Straßen gehen, in denen sie seit zwanzig Jahren bekannt waren, am Ende Hand in Hand, und die Nachbarn würden sagen, dass er Glück gehabt hätte mit der Neuen. Denn die Alte hätte ihm nur noch zugesetzt. Doch was war zuerst: die Eifersucht oder der Treuebruch? Sie wußte selber, wie eifersüchtig sie war, vielleicht sogar grundlos. Aber es gab keine grundlose Eifersucht. Die gab es immer nur, wenn ein Grund vorhanden war. Sie konnte es doch spüren.

Dann schlug er plötzlich die Augen auf, während sie immer noch mit der Waffe in der Hand vor ihm stand. Sie sah ihn erschrocken an. Schieß doch! sagte er endlich. Und sie dachte, komisch, er durchschaut mich. Aller Hass war wie fortgeblasen. Er würde niemals mehr wiederkommen. Sie legte die Waffe vorsichtig auf den Wohnzimmertisch und begann zu weinen. Es war ein großer Verlust, den Hass von einer Sekunde auf die andere nicht mehr zu haben.

Warum willst Du mich töten? fragte er. Er war ganz ruhig. Er stand auf. Du hast in allem Recht. Und Du hättest das Recht, es zu tun, sagte er leise. Ich werde Dich nicht wieder betrügen.

Und während sie sich sträubte und dachte, hätte ich ihn nur getötet, und dachte, Gott sei Dank habe ich es nicht, begann er mit den Vorbereitungen, sie zu lieben. Er zog ihr das Kleid aus, die Unterwäsche. Sie streifte sich die Strümpfe ab. Er schloss die Tür, dass kein Kind sie stören würde. Und dann machte sie es genauso wie er, obwohl er sich eigentlich nicht ausziehen lassen wollte, als wäre er ein Kind. Doch heute ließ er es zu. Sie hatten Glück gehabt und überlebt."

Als ich diese Geschichte erzählt hatte, schüttelte einer meiner Zuhörer mit dem Kopf. „Du weißt", sagte er zu mir, „dass es so nicht gewesen ist? Die Geschichte, die sich tatsächlich ereignete, hatte ein anderes Ende."

„Ich weiß", sagte ich und wusste, was er meinte, und überhaupt haben die meisten Geschichten zwei Enden. In Wirklichkeit hatte die Frau ihren Mann aus Eiersucht erschossen, dafür eine lebenslange Strafe bekommen und ihren minderjährigen Sohn allein in der Freiheit zurückgelassen, was eine zusätzliche Strafe gewesen war. Ihr Mann hatte vorher nicht mehr die Augen geöffnet und sie angesprochen, dann wäre es vielleicht nicht zu dem Schuss gekommen.

Aber ich denke, dass es nur eine Geschichte ist und da darf ich das. Der Mord hatte doch keinen Sinn. Ich hätte es mir für sie gewünscht, dass es anders gekommen wäre, die eine sehr feinfühlige Frau war mit einer sanften schönen Stimme. Und der Rest davor hatte sich ja tatsächlich so ereignet, wie ich es geschildert habe.

Angst

1

Er hieß „von Sowieso". Ich habe ihn nie zu seiner adligen Herkunft befragt. Meist unterdrückte er das „von". Er war ein vollkommener Prolet, klein und stämmig. So ein rohes Gesicht und kleine lauernde Vogelaugen, die letztlich daran schuld waren, dass ich ihm trotzdem glaubte, als er mir das mit der Angst erzählt hatte, weil es eigentlich bei so einem kräftigen wilden Kerl wie ihm unglaubwürdig war.

Damals arbeitete ich in einem Gefängnis. Und er war routinemäßig von einem Vollzugsbeamten runter in mein Büro geführt worden, weil sein 2/3-Termin anstand, also der Termin, an dem er unter bestimmten Umständen schon nach der Verbüßung von zwei Dritteln der ihm zugeteilten Freiheitsstrafe entlassen werden konnte. Es war ein kleines Büro mit dicken Mauern, der Sims des Fensters zum Hof war ein halber Meter breit. Eigentlich hatte ich vorgehabt, ein paar Bücher darauf zu stellen. Nicht nur Gesetzestexte zum Strafvollzug und Hessische Aufführungsbestimmungen dazu sondern auch das Pädagogische Poem von Makarenko und Tschechows Beschreibungen der Zustände auf der Gefängnisinsel Sachalin. Und dann hätte ich gern in der Mittagspause darin gelesen und mich gefragt, was mir hier in diesem alten Klosterbau so fehlte, dass ich an Leib und Seele fror.

Das einzige große Möbelstück war der Schreibtisch, hinter dem ich saß. Die Stühle waren sehr wacklig. Anstatt sie auszutauschen, ließ ich es dabei bewenden, meine Besucher zu warnen. Sie sollten in dem Moment auf der Hut sein, wenn der Stuhl unter ihnen zusammenbräche. Einer Frau, die nicht viel wiegt, brauchte ich das nicht zu sagen, denn sie war nicht in Gefahr. Aber so ein schwerer Kerl wie dieser, von dem ich eben berichte, war eine Bedrohung für die Stabilität des Stuhls. Deshalb warnte ich ihn vor der Wankelmütigkeit des Stuhles, bevor ich begann, ihm die üblichen Fragen zu stellen, deren Beantwortung mir helfen sollte, seine Geeignetheit für eine vorzeitige Entlassung aus der Gefangenschaft festzustellen. Soweit so gut. Er war ganz konstruktiv, machte ohne sich zu zieren, klare Aussagen zu seiner Vergangenheit und seinen Zielen, wobei er sich nicht schützte, und es war auch glaubhaft, als er sagte, dass er zukünftig ein gesetzestreues Leben führen wollte und niemals mehr einen Menschen schlagen würde, besonders dann nicht, wenn kein Grund vorläge. Ja, ich glaubte ihm.

„Ich verurteile das selbst, was ich getan habe. Doch wenn die Angst kommt, werde ich ein anderer Mensch", fügte er hinzu. Er hatte in der abgelaufenen Haftzeit nicht viel in den Werkbetrieben des Gefängnisses gearbeitet, war die meiste Zeit in seiner Einzelzelle gewesen und hatte gegrübelt und nachgedacht. Bisher hatte er darüber mit niemandem gesprochen, was er herausgefunden hatte. Jetzt, dachte er sich wohl, wäre die Gelegenheit. „Wissen Sie, warum ich ein Schläger bin?" fragte er mich plötzlich. Ich zuckte mit den Schultern, hätte gar nicht erwartet, dass er bei diesem Gespräch so aus sich raus ginge und nun sogar die Initiative ergriff.

„Ich bin ein Schläger, weil ich Angst habe", dabei sah er mich an, und seine Vogelaugen schienen größer und ruhiger zu werden.

„Und ist die Angst jetzt weg?" fragte ich, als gäbe es auf diesem Gebiet nur eine binäre Lösung, entweder ja oder nein, denn es ging mir um eine Zukunftsprognose für ihn, die ich entwerfen sollte. Dafür brauchte ich klare Aussagen.

„Manchmal ist sie weg", antwortete er, „aber nicht immer. Ich will mich eigentlich nur wehren, wenn ich schlage. Doch meist war der, den ich außer Gefecht gesetzt hatte und der schließlich blutig am Boden lag, nicht an mir interessiert gewesen. Nun war seine Nase fürs ganze Leben schief und ich wanderte wieder ins Gefängnis. Denn dahin kam ich jedes Mal zurück."

„Und? Das ist noch nicht vorbei?" fragte ich.

Er antwortete nicht darauf, er sah mich nur zweifelnd an. Eine ehrliche Haut. Er war zu ehrlich, um zu nicken. Da wusste ich, dass er nicht der richtige Mann war für eine vorzeitige Entlassung, aber ich hatte mich schon so weit aus dem Fenster gelehnt und ihm freundliche Andeutungen gemacht. Ich mochte ihn. Ich hatte mich schon für ihn entschieden.

„Strengen Sie sich an", sagte ich leise, um noch etwas Gutes zu sagen. Dann kam ein Beamter und holte ihn ab. Da hatten wir uns noch gar nicht darüber unterhalten, wie seine Angst denn aussah. Ich hatte nicht danach gefragt, als wäre Angst etwas Universelles, etwas, das uns allen so vertraut ist, dass man es nicht erklären müsste oder wenigstens beschreiben. Nein, das kam mir nicht in den Sinn bei ihm nachzufragen, wie das war bei ihm, wenn er Angst hatte. Sicher wurden die Augen dann immer ganz klein wie bei einem Vogel.

2

Fast zwanzig Jahre später sah ich ihn wieder. Er wohnte mittlerweile in einem Obdachlosenasyl in Darmstadt, und wir sollten den Betrieb übernehmen. Als ich den Namen in den Unterlagen las, wusste ich es sofort. Dieser Adelstitel. Als ich jemanden von der Stadt fragte, der mit ihm zu tun gehabt hatte, wer dieser Mann denn war, bekam ich zur Antwort, dass er vor kurzem aus einer langen Haftstrafe entlassen worden wäre. Was er getan hatte? Totschlag.

Als ich ihn dann das erste Mal in diesem Asyl sah, erkannte ich ihn kaum wieder. Er war übergewichtiger und weicher geworden. Das Gesicht unrasiert, und er schwitzte. Das stellte ich erst später fest, dass er immer schwitzte wie jemand, der grundsätzlich etwas ausgefressen und Angst vor der Aufdeckung hat. Als ich dann seine Stimme hörte, wohl rau und krächzend, aber auch ruhig und bedächtig, klang eine neue Saite von ihm an. Er schien nicht mehr so getrieben zu sein. Er erinnerte sich nicht mehr an mich und unser Gespräch vor vielen Jahren in einem Gefängnis, in dem er bekannt hatte, dass nur seine tief sitzende Angst vor gewissen Menschen ihn zum Verbrecher gemacht hatte. Nein, daran konnte er sich nicht mehr erinnern. Ansonsten war er wie damals, ein selbstkritischer und kluger Mann, egal in welchen Kleidern er steckte, mit einem gravierenden Problem. Dies war aber in den vielen zwischenzeitlich vollstreckten Gefängnisjahren geringer oder er war müder geworden.

Dieser Mann lebte sodann noch drei Jahre in dem Asyl bis zu seinem Tod. Niemals machte er einen Versuch, eine eigene Wohnung zu bekommen. Niemals bewarb er sich um Arbeit. Er war auch schon fast 60. Niemals gab es Ärger mit ihm, ganz im Gegenteil. Er wurde so etwas wie ein Schlichter zwischen den seinen auf dem Flur, den er bewohnte, auch wenn er sich so nie bezeichnet hätte. Das wäre ihm peinlich gewesen. Meist, wenn ich ihn sah, schraubte er im Hof an einem Moped, dann setzte er einen alten Helm auf, unter dem sein schweißnasses Gesicht verschwand, setzte sich auf den Bock und fuhr knatternd wie ein halbwüchsiger Junge davon. Er erzählte von einer Freundin, die er ab und zu besuchen durfte, und ich hatte gedacht, es gibt sicher schlimmere Freunde als ihn. Ich hätte gern mehr mit ihm gesprochen. Doch es gibt Menschen, mit denen kann man nicht reden. Er war so einer, und es war natürlich nicht schlimm. Ich weiß nicht warum, aber im Laufe der Monate, die ich ihn erlebte, wuchs mein Respekt. Und dann war er tot von gestern auf heute, lag friedlich im Bett, als wäre nichts Schlimmes passiert, und atmete seit Stunden nicht mehr. Seine Mitbewohner hatten mich samstags gerufen, weil sie nicht wussten, was sie mit der Leiche anfangen sollten. Ich stand lange an seinem Bett, dessen graue Bezüge er sicher lange nicht gewechselt hatte, nickte und veranlasste alles, was getan werden musste.

Ein paar Tage später ging ich bei der Beerdigung mit. Es hatte sich ein Trauerzug gebildet, der auf dem Waldfriedhof sein Ziel an einer äußersten Kante des Areals suchte, wo man Menschen auf der grünen Wiese bestattete, ohne Kreuz, ohne einen Namensstein, ohne einen besonders Hinweis auf den Verschiedenen. Ein Priester in einem Talar schritt der Gesellschaft vorne weg. Ich wunderte mich, dass so viele Trauergäste gekommen waren, die meisten sahen so ähnlich aus wie er. Auf die anderen hatte er bei all seinem Lebensversagen, das ihn ausgezeichnet hatte, doch auch diesen Eindruck gemacht, dass er Respekt verdient hatte. Niemals hatte er wegen all der Strafen gejammert, die er hatte verbüßen müssen, nie gewütet und jemandem Rache geschworen, der anstatt seiner schuld daran gewesen wäre, dass er soviel Zeit seines Lebens in Gefängnissen hatte verbringen müssen. Denn er war ein Verbrecher gewesen, hatte ein Menschenleben ausgelöscht. Und keiner hatte verstanden, warum er das hatte tun müssen. Da vor Gericht, in den Befragungen durch die Gutachter hatte er nicht einmal das Wort „Angst" in den Mund genommen. Er wollte seine Schuld nicht kleinreden, und er wollte keine Strafmilderung. Er hatte die lange Haftstrafe, die man ihm damals vorm Landgericht zuerkannt hatte, und das Leben angenommen und auf Rechtsmittel verzichtet.

Nun lag er da im Sarg, der den Friedhofsweg entlang rollte. Seine Kumpel hatten jeweils eine Dose Bier in der Hand, weil der Weg so wahnsinnig lang war zu der bereits ausgehobenen Grube. Das war nicht ohne Marschverpflegung zu machen gewesen. Tut mir leid, dass nicht mehr geschah, von dem ich berichten könnte. Ich kannte ihn nicht richtig. Ein Mensch war zugrunde gegangen, der sicher kein guter gewesen war, zumindest nicht von Anfang an. Ich konnte ihn trotzdem leiden, obwohl ich nicht erklären kann, warum. Vielleicht, weil er ganz am Ende doch noch die Angst besiegt oder wenigstens gebändigt hatte. Aber das weiß ich nicht. Wenn, wäre es nicht nur sein Verdienst gewesen sondern der der vielen Lebensjahre, die ihn milder gestimmt hatten.

Mit folgendem Gedicht ließ der Priester, dessen harter Akzent die slawische Herkunft verriet, durch seine Totengräber schließlich den Sarg mit einem Ungläubigen an Bord in die vorbereitete Grube sinken:

„Schlaf ist mir lieb, doch über alles preise
Ich, Stein zu sein. Währt Schande und Zerstören,
Nenn ich es Glück: nicht sehen und nicht hören.
Drum wage nicht zu wecken. Ach', sprich leise."

(Michelangelo Buonarroti)

Monster

„Warum bin ich überhaupt hier?"
Das war meine erste Frage, als ich dieses Obdachlosenheim in einer südhessischen Stadt betrat. Er war ein großer flacher Behelfsbau und stand irgendwo im Niemandsland. Ich betrat ihn durch eine mit Stahlblech beschlagene Tür. Auf die lief der Weg zu, den ich von der Straße gekommen war. Dann stand ich also im Flur dieses Behältnisses, von dem rechts und links Türen abgingen, die in die Schlafräume führten. Damals, als ich dort eingewiesen wurde, gab es noch für jeden ein Zimmer, später mussten sich dann zwei oder drei denselben Platz teilen.
„Warum bin ich überhaupt hier?"
Schließlich war es nicht die erste Unterkunft, in die mich ein Mitarbeiter des Wohnungsamtes geschickt hatte, sondern schon die zweite. Und in der ersten hatte es mir eigentlich gut gefallen. Doch dort hatten sie mich nicht gewollt. Es hieß, ich hätte versucht, einer Mitbewohnerin an die Wäsche zu gehen. Es hieß, dass die nicht gewollt hatte. Woher nahmen nur diese Klugscheißer ihre Weisheit? Weil sie mir nicht geglaubt haben. So war es nicht gewesen. Es war viel komplizierter. Es ist eigentlich immer viel komplizierter, als es diese Sittenwächter gern hätten. Es war kein Vergewaltigungsversuch gewesen. Das wäre zu einfach. Und, wenn ich es versucht hätte, dann wäre es nicht beim Versuch geblieben. Logisch! Ich ziehe meine Sachen für gewöhnlich bis zum Ende durch. Aber ärgerlich war es schon, was sie mit mir gemacht hatten. Sie haben so ein entsetzliches Bild von mir gezeichnet. Ich bin aber kein Ungeheuer. Naja. Jedenfalls bin ich nicht so, wie sie meinen.

Ich hatte mir fest vorgenommen, als ich den Bau betrat, dass mir so etwas nicht wieder passieren würde wie in der alten Unterkunft. Mir kam dann ein Sozialarbeiter, dessen Hemd aus der Hose raus hing, im Flur entgegen und lotste mich in sein Büro. Ich durfte mich auf einen klapprigen Stuhl setzen, er nahm einen Fragebogen raus und stellte mir die Fragen, die ihm offensichtlich wichtig waren, eine nach der anderen. Er sah müde aus, dieser Sozialarbeiter. Er mochte mich nicht, das sah ich sofort, wie er die Mundwinkel runter zog, als ich ihm zur Begrüßung einen kräftigen Händedruck gab und lächelte. Denn ich kann gut lächeln. Ich wäre lieber gut Freund mit ihm geworden. Vielleicht gefiel ihm das nicht, und er meinte, ich hätte die Pflicht, immer ernst oder schuldbewusst dreinzuschauen. Doch ich tue das nur, wenn ich selber will und nicht so ein gottsverfluchter Sozialarbeiter, der dauernd sagt: „Stell Dir vor, Dir würde das dasselbe geschehen!"
Ist mir aber nicht!
Und vorerst hatte ich noch gar nichts angestellt. Wer denn meine „Bezugsperson" wäre, die er im Notfall anrufen könnte? Blöde Frage. Und hätte ich nicht schon mit so vielen Sozialarbeitern in meinem Leben zu tun gehabt, hätte ich nicht gewusst, was das ist. Doch ich wußte es. „Meine Mutter", gab ich ihm zur Antwort, obwohl es falsch ist. Wann ich sie zum letzten Mal gesehen hätte? „Wissen Sie", sagte ich ihm, „meine Mutter verbietet mir, ihr zu nahe zu kommen. Ich darf sie schon lange nicht mehr besuchen. Doch wir telefonieren viel, und ich schreibe ihr Briefe". Dann gab ich ihm meine Handynummer und später auch die von Mama für alle Fälle. Er hatte mich gar nicht gefragt, warum Mama so herb zu mir ist. Wir hätten darüber reden können. Doch ich würde sie nicht schlecht

machen, denn sie ist für gar nichts schuld. Vielleicht ahnte er, was mit mir los war. Ich war als gewalttätig bekannt. Habe ich das nicht schon gesagt? Es stimmt ja auch. Ich kann richtig böse werden, wenn ich will. Und ich lasse mir nichts gefallen außer von Mama. Die darf das, hatte es schon immer gedurft. Obwohl… In letzter Zeit hatte ich ab und zu wenigstens Remis gegen sie gespielt. Aber nicht mehr. Niemals gewonnen. Oder sie zusammengeschlagen. Niemals. Geschlagen schon, aber niemals zusammengeschlagen. Das ist abartig. Das macht man mit seiner Mutter nicht. Das weiß ich doch selber. Und dann hatte sie mir trotzdem jeden persönlichen Kontakt verboten, meine eigene Mutter. Ist das nicht beschämend?

Das Zimmer, das er mir schließlich gab, war äußerst karg. Ein Bett, ein Schrank, ein Tisch, ein Stuhl. Auf dem Bett lagen Bezüge und zwei Handtücher. Das war's. Und das Rollo vorm Fenster, wir befinden uns im Erdgeschoß, war kaputt und hing schief in Zweidrittelhöhe. Jeder vorbeilaufende Berber könnte ab sofort bei mir rein sehen. Aber der Kerl, der mich in Empfang genommen hatte, erklärte, dass auf dem Niemandsland, auf dem der Bau stand, niemals Leute einfach so rum liefen, die nicht dazu gehörten. Die machen einen großen Bogen. Wie tröstlich! Dann ging der Kerl, schloss sein Büro ab und warf, als er draußen war, die Eingangstür ins Schloss, dass es schepperte. Von wegen verabschieden und „Schönes Wochenende!" sagen oder höflich sein. Für die bin ich doch nur Dreck. Aber warte, Freundchen, dachte ich, hielt mich in der Folgezeit nicht lange in meinem Zimmer auf, sondern ging raus auf den Flur und klopfte bei den anderen, um mich vorzustellen. Die machten alle keine Freudensprünge, als sie mich sahen. Meine Hautfarbe ist etwas dunkel, mein Körper ist ziemlich massig. Ich will nicht sagen, dass es Rassisten waren. Denn außer mir waren noch ein paar andere Neger da. Doch ich bin eigentlich kein klassischer Neger, kein Onkel Tom, kein Kunta Kinte, mit denen die Weißen ihre Spiele spielen können. Aber die anderen sind es schon. Denke ich zumindest.

Nachmittags, als ich voll beschäftigt war, ging mein Handy. Der bekloppte Sozialarbeiter war dran und fragte mich, wie es so liefe. Wenn der gesehen hätte, was gerade los war! Ich sagte: „Alles klar, Meister, kein Grund zur Besorgnis." Die hätte er allerdings haben können. Als er anrief, war schon alles dahin, und ich hatte sie platt gemacht. Ich war zu diesem Zeitpunkt hart drauf. Die Stunden vorher hatte ich mächtig einen getrunken. Eddi war dabei und Mo. Mo war zu diesem Zeitpunkt noch Eddis Freundin, eine Nutte aus Afrika. Und Eddi war so ein ganz leichter Junge, der zuviel quatscht aber nichts drauf hat. Der lebte von dem, was Mo anschaffte. Eigentlich ein kleines Schwein. Als ich genug intus hatte, nahm ich Eddi und schob ihn in sein Zimmer. Er wollte nicht. Aber den Ernst der Lage erkannte er auch nicht. In seinem Zimmer stand ein Baseballschläger an der Wand. Das war wohl Eddis Bewaffnung gegen den Rest der Welt. Ich nahm mir das Ding und hab es ihm voll gegen die Schläfe geklatscht. Er war ganz überrascht, weil es so schnell gegangen war. Als er am Boden lag, sagte ich ihm, dass er da unbedingt liegen bleiben und sich nicht von der Stelle rühren sollte. Dann ging ich raus und suchte Mo. Die war mittlerweile in ihrem Zimmer und wußte sicherlich aus Erfahrung, was jetzt kommen würde. Dass sie ihr Zimmer abgeschlossen hatte, war lächerlich. Sie schloss sofort auf, als ich es ihr befahl. Dann zog sie sich aus, weil ich es ihr befahl und dann hab ich sie gefickt. Nichts Perverses. Einfach nur gefickt, das Normale. Eigentlich, wenn ich ehrlich bin, hätte es jemand anders sein müssen, damit es mir richtig gefallen hätte. Mo ist wirklich nicht mein Fall. Keine Gegenwehr und zuviel Jammerei. Aber man kann es sich nicht immer aussuchen sondern muss bisweilen das nehmen, was man vorfindet. Als ich mit ihr fertig war und ein bisschen japste, rief der Sozialarbeiter an. Du weißt schon. Als das Gespräch beendet war, sah ich zu Mo rüber. Sie lag zusammengekrümmt da und verdrückte ein paar Tränen. „Aber Mo", sagte ich, „so schlimm war es doch gar nicht." Ich stand wirklich auf der Leitung, hatte keine Ahnung, was in ihr vorging. Sie schluchzte: „Eddi..." Also das war es. „Was ist?" fragte ich. Doch sie hatte schon wieder aufgehört zu reden. Ich glaube, sie liebt ihn immer noch. Das machte mich ganz rasend. Warum ihn? Immer geht es um den oder den. Im Laufe des Wochenendes musste ich noch einige Male den Baseballschläger einsetzen. Eddi verstand mich einfach nicht richtig und versuchte immer wieder aufzustehen. Als er es dann verstanden hatte, war er nicht mehr der, der er gewesen war, und auch nicht der, den Mo vielleicht geliebt hatte. Ich glaube, ich habe sein Gehirn beschädigt. Erst am Montagmorgen wurde er in seinem Zimmer gefunden. Kurz danach kam die Polizei. Es war kein Kunststück herauszufinden, was geschehen war. Und dann kamen sie auch schon. Sie klopften höflich an meine Tür, und ich öffnete, weil Mama mich gut erzogen hat. Sie haben mir ziemlich schnell Handschellen angelegt und wollten mich schon raus bringen. „Halt Stopp!" rief ich. „Bevor wir gehen (das Ziel war mir ja klar), muss ich unbedingt noch etwas erledigen." „Was denn?" rief der eine Bulle, so ein Rothaariger. „Ein Telefongespräch", sagte ich, „dann verspreche ich Euch, dass ich keinen Ärger mache." Da schupsten sie mich rüber ins Sozialarbeiterbüro. Der Heini saß an seinem Schreibtisch und hatte den Kopf in die Hände gelegt. Er schien richtig verzweifelt. Jetzt, dachte ich, hast du deine flockige Art endlich verloren. Einfach die Tür zuknallen ohne ein Wort des Abschieds! Du musst Deinen Klienten gegenüber, denn auch dieses Wort kenne ich zur Genüge, respektvoller sein. Doch das sagte ich nicht. „Dieses Tier", sagte der Polizist, „will ein Telefonat führen." Wortlos schob der Sozialarbeiter das Telefongerät über den Tisch. Ich nahm es und wählte Mamas Nummer.

„Mama", sagte ich bald darauf, „wie geht es Dir denn?" Sie war ein bisschen genervt. „Nein", sagte ich, „ich habe nichts Schlimmes gemacht. Das musst Du mir glauben. Ich wollte Dir nur sagen, sie stecken mich wieder ins Gefängnis. Immer wieder behaupten sie, es wäre Körperverletzung. Immer, wenn jemand halbtot geht, soll ich's gewesen sein. Es ist sogar ein wenig Gehirnflüssigkeit ausgetreten. Aber es war nicht so, wie Du glaubst. Schon, sehr viel Blut. Aber das war ich nicht allein. Das ist ungerecht, wenn sie das sagen. Ich bin Dein lieber Sohn. Oder? Mama! Sag doch etwas!" Dann fragte ich den Polizisten, während die Verbindung zu Mama noch stand, was nun weiter mit mir geschehen würde, damit ich es ihr sagen konnte. Sie musste doch wissen, wie es mit ihrem Sohn weitergehen würde. Und er prophezeite mir, dass ich spätestens abends in U-Haft sein würde hier in D. „Hast Du gehört, Mama, wohin ich gehe", fragte ich. „Du willst sicher immer wissen, wo ich bin und ob ich wohlauf bin. Du bist doch meine Mama. Schreib mir!" Dann beendeten wir das Gespräch.

Später im Polizeiauto sagte der rothaarige Polizist zu mir: „Du bist ein Monster."

„Warum?" fragte ich, „wegen Eddi vielleicht und weil der ziemlich hinüber ist und ich schuld daran bin?"

„Nee", sagte er, „aber danach so ein windelweiches Gespräch mit der eigenen Mutter zu führen, als wäre sie Deine Zuträgerin oder Helfershelferin…, das ist krank. Sicher ist Deine Mutter auch krank."

Tatsächlich kam ich, nachdem alle Verhöre geführt worden waren und ich ein Protokoll unterschrieben hatte, in U-Haft. Sie gaben mir eine Einzelzelle. Dafür war ich ihnen dankbar, denn ich musste alles verarbeiten, was geschehen war. Denn auch für mich war es nicht einfach. Ich dachte schließlich darüber nach, mir das Leben zu nehmen. Hörst Du Mama, das ist kein Scheiß, ich wollte es wirklich tun. Aber ich kann nicht. Noch nicht. Ich weiß, dass Du nichts dagegen hättest, wenn ich's machen würde. Und ich will Dich auch nicht enttäuschen. Aber ich kann es nicht. Ich will immer noch leben, auch wenn ich Dich niemals mehr besuchen darf, nur noch Briefe schreiben, die Du nie beantwortest. Nie.

Gerechtigkeit

1

Schon als er noch klein war, empfand er es als etwas Zauberhaftes, etwas, was über die Erfahrungswelt eines Kindes weit hinausreicht. Das Wort „Gerechtigkeit". Er konnte es auch nicht auseinanderhalten von dem anderen Wort. Ich meine Gleichheit. Auch Güte, Nächstenliebe, all das, von dem man kleinen Kindern in Märchen und Geschichten erzählt, waren nahe Verwandte des einen Wortes. Sie entsprangen diesem. Gerechtigkeit. Sie war die Sonne in dem Planetensystem. Später wusste er die Gründe nicht, warum er so empfindsam war bei diesem Wort und dem, was sich dahinter verbarg. Und wer ihm das eingetrichtert hatte. Oder hatte er sich diesen Spleen selber zugelegt. Gerechtigkeit! Wenn es nur Gerechtigkeit in meinem Leben gäbe, dachte er insgeheim, dann würde alles gut werden.

2

All diese Gedanken hatte sich Heinz schon lange nicht mehr gemacht. Er war mittlerweile ein alter Knopf. Er wohnte in einer breiten, staubigen Wohnstraße in Hanau. Die Häuser waren klein. Er lebte zusammen mit einer Frau, die ebenso alt wie er war, nur lebte sie gesünder.

Er hatte es seinem Bewährungshelfer gleich bei dessen erstem Hausbesuch gesagt, dass sie nicht mehr zusammen ficken würden. Nicht mehr. Warum es ihm so wichtig war, das zu sagen, obwohl es so, wie er es gesagt hatte, gemein klang? Vielleicht, weil er darüber noch nicht hinweggekommen war.

Jetzt war er ein alter Mann, und er war in seinem Leben in alle Ecken hin und her geblasen worden. Mal war er im Norden, spielte bei einem Verein in Nordfriesland für ein bisschen Geld. Mal war er in Franken, einer alten Residenzstadt, wo er ungefähr dasselbe elende Salär bekommen hatte. Und die letzte Station war Offenbach gewesen. Der Höhepunkt seiner fußballerischen Laufbahn. Da hatte er endlich mal ganz gut verdient und war nach Abschluss seiner Karriere in den Gartenbaubetrieb eines Mitspielers eingestiegen. Dann war er ein recht passabler Pflasterer und Landschaftsgärtner geworden, arbeitete hart und trank hart. Alles hatte sich irgendwie logisch zueinander gefügt. Sein einziger Sohn, den er mit einer Frau hatte, die er niemals richtig kennen gelernt hatte, war schon im Alter von zwanzig Jahren nach Kanada gegangen und nie zurückgekommen. Seine Spuren hatten sich schnell verwischt. Der Alte kannte keine Adresse von seinem Sohn und ihm fehlten Kraft und Beharrlichkeit, sich auf dessen Spur zu heften. Vielleicht, weil er sich schämte und wusste, dass er ein schlechter Vater gewesen war. All dies, dachte er, geschieht mir recht. Welch ein Glück, dass ich mich nicht mehr um den Burschen gekümmert habe. Wenn ich es getan hätte, und er wäre dann trotzdem weg ohne ein Wort des Abschieds und ohne mir Briefe oder Postkarten zu schicken, dann wäre es mir gegenüber nicht recht gewesen. Aber so…

Im Alter von sechzig Jahren wurde Heinz zum ersten Mal inhaftiert. Es wurde ein ganzes Jahr draus. Nicht zum ersten Mal war er betrunken und ohne Führerschein angehalten worden. Aber diesmal hatte diese Frau, mit der er zusammenlebte, ausgesagt, dass er überhaupt nicht mehr bei ihr wohnen würde.

Aber wenn das so war, war er ohne einen festen Wohnsitz und deshalb bestand ein Haftgrund. Heinz wehrte sich nicht gegen ihre Lüge, denn das war sie, und fügte sich drein. Mit den Mitgefangenen kam er gut zurecht und nach der Gerichtsverhandlung wurde aus der U- eine Strafhaft, und es gab einige Verbesserungen in seinem Gefängnisleben. Er, im Gegensatz zu anderen, wütete nicht gegen die Strafe. Sie war ja gerecht. Er war selber schuld. Was wäre gewesen, wenn er zu Unrecht hätte einsitzen müssen? Aber das war eh eine Mär. Die meisten sitzen ein, weil sie es verdient haben, dachte Heinz. Die wenigsten zu Unrecht. Im Gesetzbuch steht genau drin, was man bekommt, wenn man eine bestimmte Straftat begeht. Und wenn jeder gleich behandelt wird vor dem Gesetz, dann ist dagegen nichts zu sagen.

3

Manchmal wünschte sich Heinz, dass es doch noch einmal ein wenig Zärtlichkeit mit der Frau gäbe, die mit ihm zusammen lebte. Er war der Ansicht, dass sie es nicht genügend honorierte, dass er sich liebevoll um ihren kranken Sohn kümmerte, wenn der an jedem Wochenende nach hause kam. Der war schon über 30 und Autist. Heinz kümmerte sich im Laufe der Zeit mehr um den Kerl wie die leibliche Mutter, die immer viel unterwegs war, und niemand wusste wo. Er kochte mit ihm und saß oft stundenlang wortlos mit ihm im Wohnzimmer herum, in dem der Fernseher unbeachtet flimmerte. Er hätte es verdient, dass sie ihn ab und zu in den Arm nähme. Wirklich, es musste kein Sex mehr sein. Das hielt er inzwischen aus. Aber das andere wäre gut. Und vielleicht hätte sie es auch getan, wenn sie geahnt hätte, wie es in ihm aussah und dass er sich geändert hatte. Doch sie hatte viele

Jahre lang schlechte Erfahrungen mit ihm gesammelt. Früher war er ein echter Scheißkerl gewesen, der seine Frau schlecht behandelte. Und das, wie sollte sie auch, vergaß sie ihm nicht. Sie hatte sich ein Misstrauen ihm gegenüber zugelegt, das es ihr erleichterte, diese Lebensgemeinschaft mit ihm durchzustehen. Sie ging arbeiten. Aber er wußte nicht, was sie genau tat. Und er war zuhause, bekam noch Hartz-IV, nicht mehr lange. Demnächst würde es eine Rente geben, die auch nicht mehr war als das.

Er konnte schon lange nicht mehr arbeiten. Erworbene Diabetes, ein offenes Bein, eine sich nicht mehr schließende Wunde, von der er die Maden fernhalten musste, und die Aussicht in zwei Wochen, denn dann war der OP-Termin, als erstes den Vorderfuß amputiert zu kriegen. Dabei würde es nicht bleiben. Sie würden sich allmählich das Bein weiter hoch schneiden. Aber wo sollte das enden? Er war selber schuld gewesen. Sein Lebenswandel war nicht nur schäbig gewesen sondern auch höchst ungesund. Alles, was ihm geschah, das geschah ihm recht. Das war immerhin ein Trost. Schlimmer wäre es doch gewesen, hätte ihn eine Krankheit ereilt, die er nicht verdient gehabt hätte. Dann hätte er vom Glauben abfallen müssen, wenn er denn geglaubt hätte. Denn er glaubte an nichts mehr. Er litt nicht darunter. Und die Vorstellung, dass nach seinem Tod alles vorbei sein wird, erschreckte ihn weniger als einem buddhistischen Mönch, der evtl. noch zu kämpfen hatte. Ganz im Gegenteil. Was sollte gut daran sein, wenn alles so bliebe wie jetzt?

Eines Tages stellte er sich eine Frage: Was wäre, wenn ich nun der Goethe wäre oder der Papst Ratzinger oder irgendein ganz reicher Mensch. Wäre ich dann nicht beleidigt, wenn der Tod anklopfen würde und sagte: Heinz, Du Dichter, oder Heinz, Du Oberpope, oder Heinz, Du Ölmagnat aus Sibirien, komm jetzt, es geht ans Sterben und wenn das geschafft ist, bist Du weniger lebendig als die Zugluft, die hier durchs Zimmer pfeift und Dir ein steifes Kreuz macht. Das würde er dann doch als völlig ungerecht empfinden. So aber konnte er den Tod akzeptieren. Er war ja schon vorher nichts. Auch was Gleichheit bedeutet, war für Heinz etwas ganz anderes als bei anderen Menschen. Gleichheit ist, wenn es einem immer gleich gut oder schlecht geht, und das wäre solange gerecht, wenn man nichts getan hat, dass eine Änderung dieses Zustandes gerechtfertigt hätte. Doch dann stirbt der Fromme und wird nichts, ebenso wie der Sünder. Und es stirbt der reiche Mann und hat danach nicht mehr als der letzte Berber, der betrunken und ausgekühlt in einer Parkanlage stirbt. Und auch Goethe ist gestorben, ohne ein Zipfelchen seines Genies bewahren zu können. Das ist ungerecht für sie, dachte Heinz. Keine Terrakottaarmee eines chinesischen Kaisers und kein noch so großer Nachruhm könnten daran für den Betroffenen etwas ändern. Diese Herren liefen andauernd Gefahr, dass ihnen Unrecht geschieht. Heinz selbst war davor gefeit, weil er nichts war und nichts hatte. Er würde niemals ein Opfer der Ungerechtigkeit werden.

4

Zum Schluss wussten sich die Ärzte keinen Rat mehr. Es gab nichts mehr, was sie Heinz noch amputieren konnten. Das Bein war mittlerweile bis oben hin weg. Doch immer noch gab es faules Fleisch an ihm. Und dies begann nun, seinen Körper zu vergiften. Er wurde schwächer. Und endlich kam seine Frau zu

Besuch. Sie hatten beide genügend Scham gehabt, sich in Anbetracht der schlechten Beziehung, die sie über die Jahre gepflegt hatten, nicht zu verheiraten. Das wäre nicht richtig gewesen. Aber irgendwie waren sie doch Mann und Frau. Da saß sie dann an seiner Bettkante und sah ihn, wie er litt und wie er immer schwächer wurde. Und es ergriff sie ein Bedauern, und plötzlich kamen Erinnerungen von schönen Tagen mit ihm, die sie eigentlich längst vergessen hatte. In einem Anflug von Zärtlichkeit beugte sie sich über ihn, zog ihn ein wenig hoch und umarmte ihn heftig und weinte. Doch für diese Heftigkeit der Gefühle war Heinz nicht mehr geschaffen, und weil er nicht mehr genug Kraft hatte, sie auszuhalten, und weil er plötzlich so aufgeregt war wegen ihrer Liebe, die er schon lange nicht mehr genossen hatte, erstarb bei dieser Umarmung sein Herz, und seine Seele schwebte fort, was niemand sah. Wenn er noch hätte denken können, dann hätte er gedacht, das geschieht mir zu Recht. Ich habe diesen Tod verdient.

Und seine Frau ließ ihn zurück in die Laken sinken und sagte zu sich selbst: O Maria, was hast Du bloß getan? Ich habe ihn umarmt, und er ist dabei gestorben. Er würde sie beruhigt haben und sagen, wenn er noch gelebt hätte: „Lass gehen. Es ist alles OK, so wie es ist."

Ich fahre Taxi

1

Es war kein Zufall. Erinnerst Du Dich noch? Es war dieser heiße Tag am Meer. Obwohl ich eher ein dunkler Typ bin, hab ich mir an diesem Tag ganz schön den Pelz verbrannt. Die ganze Zeit hab ich im Strandkorb gesessen, so'n komischen Strohhut auf dem Kopf. Da blieben wenigstens meine Stirn und die Augenpartie ungeschont. Doch darunter war ich abends, als ich endlich meine Sitzung beendet hatte, rot wie ein Krebs. Und am nächsten Tag waren Schmerzen, Eincremen und der Aufenthalt im kühlen Dunkel der Urlaubswohnung angesagt, die in einer stillen Straße etwas entfernt vom Touristentreiben auf der Insel lag. Du hast gelacht und Dir den Spaß nicht nehmen lassen und bist irgendwann weg, auch weil ich eine eklige Laune hatte. Das war auch das Beste. In solchen Situationen ist es immer richtig, mich allein zu lassen. Ich schaltete den Fernseher an, was ich tagsüber nie tue. Es war auch langweilig. Da machte ich ihn wieder aus. Und dann nahm ich den Block und begann zu schreiben. Wie gesagt: Es war ein Zufall. Ich hatte niemals vorgehabt, in meinem schönen Urlaub eine dreckige Geschichte zu schreiben. Und als ich begann zu schreiben, wußte ich schon, dass es eine völlig erfundene Geschichte würde. Doch es sollte, wenn es nach mir gegangen wäre, keine dreckige Geschichte werden. So voller Gewalt und schlimmer noch, so voller Hoffnungslosigkeit und Gemeinheit. Es gab keinen einzigen in der Geschichte, der gut war. Auch keine Frau. Nach zwei Stunden war ich fertig. Und da kamst Du auch schon aus dem Dorf zurück. Ich steckte die beschriebenen Zettel weg. Abends

gingen wir bei einem Italiener essen. Ein schöner Abend. Auch eine schöne Nacht, aus der Du früher erwachtest als ich. Und als ich erwachte, sah ich Dich lesen. Meine Geschichte. Ach Gott, dachte ich. Du sahst mich kurz von der Seite aus an, kein Lächeln, und hast dann weiter gelesen. Bis zum Ende. So sollte es ja auch ein braver Leser tun. Und ungefähr ab diesem Moment begann unser Urlaub, aus dem Ruder zu laufen. Du hast mich gar nicht darauf angesprochen, warst auf einmal kürzer als sonst angebunden und sagtest manchmal hämische Sachen zu mir, was mich durcheinander brachte. Und das ärgerte mich dann.
„Ist es die Geschichte?" fragte ich schließlich.
„Was denkst Du denn?" war Deine Antwort.
Also ja. Damals begann ich zu schreiben. Den Urlaub brachten wir dann noch ganz zivilisiert zu Ende.

Du hast meine Geschichten von Anfang an gehasst. Aber Du bist bei mir geblieben. Und die Kinder kamen dann auf die Welt. Nein, vom Schreiben habe ich nicht leben können, und es war unmöglich, mit den lächerlichen Erträgen dafür eine Familie so durchzubringen, dass man sich als Vater nicht schämt. Nein, ich kaufte mir von dem Geld, das mir Tante Hildegard vererbt hatte, ein Taxi, mauvefarben, natürlich Mercedes, B-Klasse, und wurde fortan als selbstständiger Taxifahrer tätig. Man verdient auch dabei nur sehr wenig. Doch die Menge der Stunden, die man unverdrossen fahren und warten muss, macht es dann schon. Nicht selten, dass ich 14 und mehr Stunden am Steuer saß oder wenigstens am Bahnhof herum vagabundierte und auf Kunden wartete. Und wenn ich ganz viel Zeit hatte, dann nahm ich meinen Block und begann zu schreiben. Immer waren es Geschichten aus einer anderen Welt. Es war, als hätte ich das

Portal zu einer Welt geöffnet, die vorher gänzlich unbekannt gewesen war wie der Nordpol oder die Insel Tasmanien. Die Motive kamen wie Stoffwechselprodukte, als wäre ich gleichzeitig ein ganz tiefer Brunnen, in dem sie liegen, aber auch die Pumpe, die sie zu Tage fördert, und der Mensch, der sich angesichts des Unbekannten wundert, weil es so fremd ist. Nicht alle Geschichten handelten von gemeinen Menschen und von trostlosen Ergebnissen menschlichen Bemühens. Manche waren durchaus nett, aber durchgehend nett nun wieder auch nicht. Manchmal klopfte ein Fahrgast ärgerlich an die Scheibe meines Taxis, doch wenn es eben ein entscheidender Satz war, konnte ich mitten drin nicht innehalten. Entweder ertrug er es, noch einen Moment zu warten, oder er ging weiter zur nächsten Droschke, und ich hatte mal wieder ein Geschäft verpasst. Von den verpassten Geschäften erzählte ich zuhause nichts.
Im Laufe der Jahre legte ich eine Geschichte, die mir eingefallen war, auf die andere, und der Stapel in meinem kleinen Büro, das ich unterm Dach eingerichtet hatte, wuchs an wie ein Turm.

„Warum bist Du eigentlich all die Jahre bei mir geblieben? Ich hab mich einen Scheißdreck um die Kinder gekümmert. Bei der Einschulung war ich nicht dabei. Und bei der Konfirmationsfeier von Julia ging ich, obwohl ich der Vater war, früher als alle anderen (Wo gibt's denn so etwas?) mit der Begründung, arbeiten zu müssen. Tatsächlich saß ich dann in meiner allmählich älter werdenden B-Klasse am Bahnhof und wartete auf Kundschaft. Aber weil die nicht kam, nahm ich den Block und begann zu schreiben, von Richard zum Beispiel, Deinem Bruder, der immer so macht, als wäre er der gelungenere Mensch, und ich wäre nicht würdig, Dein Mann zu sein.

Was? Das hat er nie gesagt? Mag sein, dass er es nie gesagt hat, aber, glaub mir, er hat es mich spüren lassen, jedes Mal, wenn er mit seiner Thusnelda zu Besuch kam. Und er kam oft. Ich begann, ihn zu hassen.

Da ließ ich ihn dann erstmals in einer meiner Geschichten auftreten, ich gab ihm Saures und er musste andauernd das machen, was mir für ihn einfiel. Das waren keine schönen Sachen. Das kannst du mir glauben.

Sollte ich Dir tatsächlich raten, mal in meine Geschichten reinzuschauen, damit Du mich besser verstehst? Sie sind ja nicht alle schlecht! Oder? Also, ich finde, sie sind nicht schlecht geschrieben. Aber meistens sind sie schlecht vom Inhalt her."

2

Vor einiger Zeit hatte ich einen richtig guten Auftrag. Sie hatte mich angerufen und mir die ganze Sache erklärt. Dass sie schwer erkrankt ist. Eine Autoimmunkrankheit. Da richtet sich das im Körper, die mikrobiologische Streitkraft, die für dessen bakterielle oder virale Verteidigung zuständig ist, plötzlich gegen ihren eigenen Wirt. Diese Krankheit hatte die Anruferin, und die Auswirkungen waren Lähmungserscheinungen an allen Extremitäten und leichte Sprachstörungen. Sie müsste unbedingt ihren Rollstuhl nach Damp an die Ostsee mitnehmen. Ob dafür genug Platz in meinem Kofferraum wäre. Klar! Diesen Auftrag wollte ich mir auf keinen Fall wegen eines möglicherweise zu kleinen Kofferraums entgehen lassen. 750 Kilometer die einfache Fahrt. Stell Dir das mal vor. Je weiter weg, umso mehr Geld ist ja drin. Ne, ne, sagte ich ihr, das geht alles klar. Sie werden eine schöne Fahrt mit mir haben. Denn sie wollte auf keinen Fall mit einem üblichen Krankentransport dorthin gebracht werden. Die Krankenkasse würde das Taxi bezahlen.

Damals, als ich den Auftrag erhielt, hatte ich etwas mit einer Frau, die Mai hieß. Bitte, mach mir jetzt keine Szene! Ich beichte es doch eben, also! Es ist übrigens lange vorbei. Sie war zwanzig Jahre jünger als ich und hatte die schlechte Eigenschaft, mich eifersüchtig zu machen. Sie sah wirklich rattenscharf aus. Meist war sie daheim, wo ich sie dann zwischen zwei Touren kurz besuchen durfte. Mai wäre auch gern mehr gewesen als eine Geliebte. Aber das wußte ich ja, dass ich von Dir nicht los kommen kann, und das habe ich ihr gesagt. Ich hab ja Verantwortung. Auch wegen der Kinder.

Aber das mit ihr war nun das Problem. Einmal Damp hin und wieder zurück. Ich wäre zwei Tage ohne sie unterwegs. Nein, das konnte ich nicht machen. Sicher würde sie sich an den Nächstbesten dranhängen, und wenn der dann auch noch Junggeselle und bereit für eine richtige Beziehung war, die man zeigen kann, hätte ich eine Geliebte gehabt. Deshalb beschloss ich, sie mitzunehmen. Natürlich war das meiner Kundin nicht recht gewesen, als sie Mai zusammengekauert auf dem Rücksitz sah. Doch nun war es für sie zu spät zum Umdisponieren. Aber eine gute Idee war es trotzdem nicht gewesen. Die Hinfahrt nach Damp war ungemütlich. Schlechte Stimmung. Mai traute sich kein Wort zu sagen. Mein Fahrgast, dessen Rollstuhl bequem hinten rein gepasst hatte, schwieg auch beharrlich auf dem Beifahrersitz, und ich versuchte hin und wieder, ein paar lockere Bemerkungen zu machen. Doch das verpuffte. Ach, ich bin ein Idiot. Ich mache immer alles kaputt. Während wir auf der spiegelgeraden Autobahn durch norddeutsche Ebenen fuhren, der Elbtunnel war schon längst hinter uns, und ich im Rückspiegel beobachtete, wie Mai schmollte, denn ich hatte ihr nicht erzählt, dass es eine Dienstfahrt würde, hatte eher von Urlaub gesprochen, fiel mir nicht mehr ein, warum ich so eifersüchtig wegen ihr gewesen war. Selbst wenn sie sich jemand anderen gesucht hätte, what shall's? Ich war gar nicht in Mai verliebt, und, um der Wahrheit die Ehre zu geben, in Dich war ich es auch nie. Ich habe Dich jahrzehntelang nicht geliebt. Stell Dir das mal vor! Jetzt werde doch nicht sauer. Schließlich beichte ich ja. Als wir dann die Kundin in Damp aus dem Wagen in ihren Rollstuhl gehievt und zur Rezeption ihrer Kurklinik gebracht und uns verabschiedet hatten, liefen wir die Treppen wieder runter zu meinem mauvefarbenen Taxi, in dem es immer noch nach der Kundin roch. Ich war ganz aufgeregt und konnte es nicht mehr erwarten. Am Liebsten hätte ich im nächsten Waldweg angehalten und es sofort mit Mai getrieben. Doch zum einen fand ich um Damp herum kaum Wald, geschweige denn einen diskreten Weg, der sich darein schlängelt und in dem wir unsere Sachen hätten machen können, ohne begafft zu werden, und zum anderen wollte Mai nicht mehr. Zum ersten Mal in unserer außerehelichen Beziehung lehnte sie es kategorisch ab, für mich bereit zu sein, obwohl ich sie doch so darum bat. Nein! rief sie so laut, als wäre ich taub. Und so fuhren wir unverrichteter Dinge nach hause. Und der Rückweg war so trist wie der nach Damp hin.

Noch am selben Tag hat Mai mit mir Schluss gemacht. Und den Folgeauftrag, die Frau in Damp am Ende ihres Kuraufenthalts wieder abzuholen, hatte ich mir ja selbst verdorben. Wer lässt sich schon von einem Taxifahrer mitnehmen, der auf die

Rücksitzbank seine Geliebte platziert, die zudem noch ein wenig orientalisch duftet. Mir hat das immer gut gefallen! Aber jetzt, mein Schatz, will ich Dir noch eines verraten: Diese Geschichte gab es niemals in Echt. Sie ist erfunden. Ich habe sie während der langen Wartezeiten, die ich am Taxistand am Bahnhof verbrachte, zu Papier gebracht. Ich weiß, solche Geschichten sind mehr Gewalttaten als sonst etwas. Aber ich schwöre Dir, sie ist nicht wahr. Obwohl, die Möglichkeit des Gegenteils sollte niemals gänzlich ausgeschlossen sein. Alles wäre dann doch zu eindimensional.

3

Ja, ich gebe Dir recht! Ich habe das Leben verpasst. Meine vermaledeiten Geschichten waren nicht mehr oder weniger als Lebenspornos. Alles wird zu einem Opfer der exhibitionistischen Neigung. Wozu das Ganze? Um sich an der eigenen erbärmlichen Nacktheit zu erregen oder daran, dass andere mich so sehen und erschrecken? Weil ich so wie der liebe Gott alles selbst bestimmen kann, wie die Dinge ausgehen. So gail wie ein Porno kann doch das richtige Leben nie sein. Da gibt es immer wieder Dinge, die nicht zueinander passen und die abtörnen. Und da gibt's meistens keine Möglichkeit der Retusche, wenn ein Fehler offenbar wird.

Die wahren Geschichten musst Du ertragen, auch wenn es keinen Spaß macht, aber die erfundenen halten Dich eine Zeitlang von den wahren ab und mildern deren Wirkung. Wer erträgt schon freiwillig das Leben so, wie es wirklich ist? Mal ehrlich. Als Wurm, als Ameise? So muss man sich doch fühlen. Auch Du, mein letzter Anker in der Welt, hast mich vor einem Jahr verlassen. Es war ein Wunder, dass es solange gehalten hat zwischen Dir und mir. Aber die Zeiten, die ich bei Dir war, waren solange wie die Zeiten, die Du ohne mich verbrachtest. Ich dachte immer, dass ich der Täter, der Gewalttäter am Körper unserer Liebe wäre, aber ich fürchte, irgendwann hast auch Du ihr Todesstöße verpasst. Wie nett warst Du bei der Scheidung!! Ja, jetzt erinnere ich mich noch daran. Du hast mich angelächelt. Wir standen vor meinem uralten Taxi. Deine Hand lag auf dem Dach. Du hast es gestreichelt, als wäre es ein Menschenkind oder ein Tier. Dann hast Du mich auf den Mund geküsst und bist dann für immer gegangen. Aber, was ich hier schreibe, ist kein richtiger Brief an Dich. Es ist auch kein Geständnis. Was sollte ich gestehen, was Du nicht schon längst weißt? Ich werde diesen Brief nie an Dich abschicken. Nein, es ist eine Geschichte, sie berichtet von der sinnlosen Gewalttat, wie jemand sein einziges Leben, das er hat, in den Abfluss schüttet. Ja, die erfundenen Geschichten als solches sind die Entsorgung von Leben. Ihre Erfinder sind nichts als Klärwerker.

Andauernd schrieb ich etwas auf und wenn ich nichts aufschrieb, dann erdachte ich mir wenigstens etwas, was es gar nicht gab. Ich hab mein ganzes Leben im Taxi verbracht. Ich musste Dir sagen, dass wir ansonsten nicht genügend Geld hätten, unsere Kinder durchzubringen. Acht Stunden reichen da nicht aus. Und dann ließ mich ein Kunde vor einem Haus im Frankfurter Westend warten. Er würde das bezahlen. Er käme gleich zurück. Und ich wartete an jenem Tag geschlagene vier Stunden. Doch dann kam er ohne ein Wort der Entschuldigung. „Ich zahle alles", sagte er noch einmal. „Und jetzt geht es zurück nach hause." Da legte ich meinen Block, in den ich mal wieder eine dreckige Geschichte geschrieben hatte, beiseite und ließ den Wagen an.

„Schreiben Sie?" fragte er lächelnd. Ich nickte. „Das ist schön", sagte er. „Ich bin Literaturagent. Soll ich mir ihre Geschichten mal ansehen?" „Nee", sagte ich. „Ich bin Taxifahrer. Es ist alles in Ordnung." Das sagte ich etwas schroff, und er zuckte zusammen. „Ist schon gut", sagte er. „Ich wollte Ihnen nur einen Gefallen tun." Doch er war ein bisschen robuster als die Gelähmte und nahm mich bei seinen zukünftigen Ausritten nach Frankfurt immer wieder. Er fand es gut: ein Geschichten schreibender Taxifahrer, der diese hütet und nicht in fremde Hände geben will.

„He, sind Sie frei?"
Draußen steht ein Kunde mit einem großen Koffer und klopft gegen die Scheibe.
Ich öffne die Tür. „Klar bin ich frei. Wohin wollen Sie denn?"
„Nach Münster!"
Und für so etwas habe ich meine Geschichte unterbrochen? Münster! Das sind nur drei Kilometer hinter Obergrauen. Nicht das große westfälische, er will bestimmt nur in das kleine Münster. Mit dieser Tour kann ich mal gerade ein halbes Pfund Brot verdienen. Nicht mehr. Doch die Geschichte ist nicht unterbrochen. Sie ist fertig. Natürlich werde ich sie Dir nicht zuschicken. Sie hat keine Funktion. Sie bittet in meinem Auftrag nicht um Entschuldigung. Sie huldigt nicht der Wahrheit, eher ist das Gegenteil der Fall. Sie ist eine Flucht.
„Steigen Sie ein", rufe ich, denn ich bin Profi.
„Und mein Koffer?"
„Der kommt auch mit."

Ich springe raus, packe mir seinen Lederkoffer, das Stück aus altem gebrochenem Leder hat musealen Wert, und knalle ihn in den Kofferraum.

Und dann sitzt mein Fahrgast hinter mir. Mein Taxi rollt. Als wir am geschlossenen Bahnübergang stehen, beugt er sich plötzlich nach vorn und hält mir ein Messer an die Kehle.

„Okay", sage ich, „übertreiben Sie es nicht! Bei mir ist nichts mehr zu holen." Doch er wusste nicht, ob er mir glauben sollte. Da war er übrigens nicht der einzige.

21./22./23. April 2011

Manchmal ist eine Geschichte ein namenloses Grab

1

Magdalena Grützke ist sehr alt. Nur ihren Namen habe ich erfunden. Er ist eigentlich ein anderer. Sie fühlt sich alt. Ihre Gelenke schmerzen den ganzen Tag. Auch ihrem Kopf vertraut sie nicht mehr. Doch sie ist nicht dement. Dies ist keine Geschichte über eine demente Frau. Nur fällt es Magda, wie sie früher gerufen wurde, immer schwerer, sich zu erinnern. Das ist körperliche Arbeit geworden. Nur wenn sie sich anstrengt, fallen ihr allmählich die alten Bilder wieder ein. Wenn sie will, alle. Sie wird ihrer habhaft, wenn sie sie mühsam hervorgeholt hat wie alte, nicht sehr kunstvolle Gemälde in goldenen Gipsrahmen, die auf dem Speicher lagern. Die sind sehr schwer. Doch wenn Magda all ihre Kraft zusammennimmt, dann gelingt es ihr jedes Mal, eins dieser alten Schinken runterzuholen. Und dann kommen auch die restlichen Erinnerungsfetzen wieder, die dazu gehören. Manchmal will sie nicht mehr, weil sie nicht mehr weiß, für was die Erinnerungen, auch wenn man sie neu gewinnt, noch gut sind. Alles schon solange her. Ihr ganzes Leben ist mittlerweile fast nichts anderes mehr als dieser Speicher voller lebloser Bilder, hinter denen weitere Bilder stecken. Die wohl nicht gemalt. Nur das Leben von früher fällt ihr nicht mehr recht ein, die Gefühle, die sie damals hatte.

Doch Magda ist beileibe nicht tot sondern sehr lebendig. Sie hat Falten, sie hat Altersflecken im Gesicht, auf dem Körper, auf den Handrücken. Sie riecht. Auch ihr Kleiderschrank, wenn sie die Tür dazu öffnet, riecht muffig. Da fällt ihr doch ein, wie sie als zehnjähriges Mädchen mit dem Rad durch den Park gefahren war. Ein neues Rad hatte sie gehabt. Damals trug man noch keinen Helm. Sie hatte ihren weißen Anorak an. Am Rand der Kapuze ein grauweißes Fellimitat angenäht. Wie sehr hatte sie diesen Anorak geliebt. Damals hatte sie lange glänzende Haare gehabt. Golden braun waren sie. Ihre Augen waren damals noch richtig blau. Und sie war gern in die Schule gegangen. Sie hatte ihre Eltern geliebt. Die sind lange tot. Ihre Geschwister, eins tot, und das andere in einem Pflegeheim. Magda hat ihren Bruder, der dort lebt, lange nicht mehr besucht. Er weiß nicht mehr, wer sie ist. Der letzte Besuch war sinnlos und traurig zugleich gewesen.

Das erste Mal, dass ich sie sah kurz nach meinem Einzug in dem Viertel, war auf der Straße. Eine kleine Frau. In der Hand hielt sie ein Netz, in dem die Einkaufsware lag. Das Übliche. Sie sah aus wie so viele alte Frauen. Ich weiß nicht, warum meine Aufmerksamkeit bei ihr etwas länger blieb als bei anderen. Vielleicht… Meine Mutter könnte heute so aussehen. Oder so ähnlich. Könnte so sein, wenn sie ihre Kraft verloren hätte, die sie damals am Tag ihres Todes noch nicht eingebüßt hatte. Mutter hatte in gewisser Weise Glück gehabt, dass sie gestorben war, als sie noch ihre Kraft beisammen hatte. Ich habe nie eine kraftlose Mutter erlebt, nur, als es aus war, eine tote.
Sie ging dann nach hause. Eine kleine Wohnung in einem Haus an der Dieburger Straße. Sie war dort hin gezogen, als ihr die alte zu groß und zu teuer geworden war. Alles war leidlich aufgeräumt. Sie war nie eine perfekte Hausfrau gewesen. Warum jetzt, wo es nicht mehr darauf ankam? Nachbarn erzählten, dass Magda keinen Kontakt mehr zu ihnen hielt. Vor ein paar Jahren

war es noch anders gewesen. Jetzt nicht mehr. Sie war so erschöpft an diesem Tag. Lange saß sie in ihrem großen Sessel und atmete stoßweise ein und aus, als hätte sie einen Marathonlauf gemacht. Dann stand sie müde auf und ging ins Bad. Sie war sogar zu müde, um zu sterben. Alles ging täglich weiter. Es kam ihr vor wie ein großer Irrtum. Es war nichts mehr da, was noch schnell gelebt werden musste. Mit der kleinen Hand strich sie über den Rand des Waschbeckens, ging zur Badewanne, beugte sich tief hinunter und setzte den Stöpsel ein. Dann drehte sie das Wasser auf für ein Bad.

Ich hab das alles nicht gewusst, als ich bei ihr schellte.
„Ich bin der neue Mieter hier im Haus", sagte ich, als sie geöffnet hatte.
„Ja und?"
„Ich möchte mich vorstellen", sagte ich und hörte im Hintergrund das Wasser, das soeben einlief.
„Kommen Sie ruhig herein", sagte sie, „wenn sie etwas Böses wollen, dann kommen Sie leider Jahrzehnte zu spät".
Ich lachte: „Jetzt übertreiben Sie aber".
Da lächelte auch sie, sagte aber nichts mehr sondern bot mir nur wortlos mit einer Geste Platz an. So setzte ich mich. Und als sie wieder draußen im Flur war, musste sie mich wohl vergessen haben. Denn sie ging in ihr Schlafzimmer und zog sich aus. Nein, sie hatte mich nicht sofort vergessen. Schon bald kam sie in einem Bademantel zurück, der ihr zu groß war. Das Merkwürdige war, dass ich nicht ging, obwohl es nichts zu sagen gab, und dass sie mich nicht bat zu gehen, obwohl sie doch etwas vorhatte, bei dem ich nichts zu suchen hatte. Das war unsere erste Begegnung, nicht die letzte. Es kamen einige hinzu. Ich

dachte immer, was will ich denn? Will ich mildtätigerweise einer einsamen alten Frau für eine halbe Stunde Gesellschaft leisten? Doch was ich tat, war nicht mildtätig. Manchmal hatte ich die verrückte Idee, dass diese Alte eine Gestalt aus meiner eigenen Zukunft wäre, die noch nicht eingetreten war, und ich könnte sie folglich fragen, was ich zu erwarten hatte. Doch sie ist eine Frau, die alles anders sieht, und ich bin ein Mann, und wenn ich ehrlich bin, dann muss ich sagen, ein Mann ohne Anhang, ein vergessener Mann. Ich bin noch gar nicht so alt. Aber irgendjemand muss mich vergessen haben.

Damals, bei meinem ersten Besuch, blieb ich, bis sie aus dem Bad zurückkam. Ihre dünnen Haare waren jetzt nass.

„Ich kann mich selbst nicht mehr riechen. Wissen Sie, " hatte sie zur Erklärung gesagt, als müsste sie einen triftigen Grund haben, wenn sie in die Badewanne geht. Und ich hatte nur genickt. Und meine Mutter war mir eingefallen.

2

„Ich habe nie geheiratet", sagte sie mir einmal.

„Und warum nicht?"

„Doofe Frage", hatte sie geantwortet, „mich hat nie jemand gefragt."

„Und wenn?"

„Sie sind aber hartnäckig. Wenn mich jemand gefragt hätte, hätte ich vielleicht ja gesagt oder auch nein."

„Hat es denn niemals jemanden gegeben?"

„Doch, doch. Aber der hat mich nie gefragt, und ich habe mich nie getraut. Nein, es hat nicht nur einen gegeben. Es waren drei, über die vielen Jahrzehnte verstreut. Mit denen habe ich so wie mit Ihnen in der Wohnung gesessen und gequasselt. Immer nur

gequasselt. Es waren keine Abenteurer gewesen. Alle drei nicht. Die haben sich nicht getraut. Und ich auch nicht."
Daraufhin schwiegen wir für eine Weile und danach brachte sie mir einen Kaffee und sagte: „Merkwürdig. Wenn wir wie jetzt am Stück reden, fallen mir die Erinnerungen leichter ein." Dabei nickte sie mit dem Kopf. Und dann sagte sie noch: „So wie ich gelebt habe, hätte ich auch eine Ordensschwester werden können."
„Aber Sie sind es nicht geworden", sagte ich.
„Nein. Zum einen bin ich nicht gläubig, selbst jetzt nicht in meinem hohen Alter. Und zum anderen habe ich immer die Liebe gesucht."
„Die Liebe einer Frau oder eines Mannes?" fragte ich.
Da schüttelte sie mit dem Kopf. „Das geht Sie nun wirklich gar nichts an."

Alles, was ich mit Magda erlebt habe, war nichts Besonderes. Sie war, wenn man den Vergleich zulässt, kein Edelstein, vielleicht ein Halbedelstein, der hier und da herumliegt und die Fähigkeit hat, sich unter unterschiedlicher Lichteinstrahlung in unterschiedlichen Farben, allerdings in immer milden, zu zeigen. Ihre besondere Eigenschaft war, dass sie etwas nicht besaß: Verbitterung. Sicher hat sie in ihrem Leben viel Pech gehabt, davon hat sie mir auch erzählt, aber sie war niemals erzürnt darüber, dass es immer schlechter gekommen war, als sie erhofft hatte. Am Ende fällt soviel von einem ab. Doch was übrig geblieben war, hatte gereicht, dass ich sie mochte.

Am Anfang, glaube ich, hat sie mir misstraut. Sie ließ mich rein, wir sprachen, sie folgte mir manchmal, und wir liefen über die

Rosenhöhe und dahinter immer weiter durch die Felder bis an den Rand des Waldes, wobei laufen nicht laufen in des Wortes eigentlicher Bedeutung meint. Es war natürlich ein langsamer Weg, den wir gingen. Auch wenn sie durch meine Gesellschaft etwas aufgeregt, ja später sogar beglückt war, vermutete sie doch, dass etwas nicht mit rechten Dingen zuginge. Doch darüber sprachen wir nicht. Der Gedanke hielt sich nicht lange. Schließlich hatte sie nichts mehr zu verlieren, dachte sie bestimmt. Wir schritten also Kieswege entlang, sie klein und gebeugt neben mir. Der Kies knisterte unter unseren Füßen, und ich dachte unwillkürlich an einen längst vergangenen Tag. Wir sahen aus wie eine Tante, die vom Neffen ausgeführt wird. Ab und zu schloss ich die Augen, hörte ihre schwache Stimme, die klang, als würde ein Mädchen erzählen aus einer Welt voller Zauberei. Nein, das alles soll geheim bleiben. Auch das, was sie mir von früher sagte, will ich nicht preisgeben. Nur dass sie im Laufe der Zeit an manchen Tagen, wenn ich zu Besuch kam, sogar für diese Besuche zu erschöpft war und bat, dass ich wieder gehen sollte. Natürlich tat ich das sofort.

Es war damals eine komische Zeit. Ich hatte keine Arbeit, keine Freunde. Ich wollte keine Freunde. Meine Frau hatte die Scheidung eingereicht und erklärt, dass sie mir nie im Leben meine Tochter auch nur für eine Stunde anvertrauen würde. Was hatte ich getan? Nicht mehr als andere Väter vor mir: zu wenig. Und weil ich mich vorher nicht gekümmert hatte, wollte sie mir nun keine Gelegenheit geben, es danach zu tun. „Deine Tochter liebt Dich nicht", hatte sie am Telefon gesagt und sicher Recht gehabt. Aber war das ein Grund, dass sie mir jeglichen Kontakt verbot? Und war das ein Grund, dass ich so erstarrt blieb und gar nicht daran dachte, mich gegen ihr Urteil zu wehren?

Es war ein komisches Jahr. Damals. Ich habe es nicht gedacht. Ich habe es getan, ohne es beabsichtigt zu haben. Alles, was es gab, stellte ich in Frage. Ich machte mich lustig darüber. Ironie, fand ich damals, wäre meine letzte verbliebene Waffe, um meinen Aufenthaltsort auf dieser Welt zu verteidigen. Doch ich bin nicht ironisch. Dann traf ich Magda, und mit ihr musste ich so reden, wie ich die Dinge tatsächlich sah. Man könnte das Mut nennen. Sie hätte es weniger dramatisch Anstand genannt. Alles andere, habe ich zumindest vermutet, hätte sie mir übel genommen.

„Ich kenne Sie jetzt einige Zeit. Ich habe Sie noch niemals mit einer Frau gesehen."
Ich sah sie überrascht an. „Das ist doch nicht richtig", sagte ich.
„Sie wissen, was ich meine... Haben Sie denn niemals Lust?"
„Früher, " antwortete ich feige, denn diese Antwort war natürlich falsch.
Der Hauch eines Lächelns über ihrem kleinen trockenen Gesicht. Ich nickte verdrossen. Dann ging sie in die Küche, und ich durfte mir die Tageszeitung nehmen. Einem Vergewaltiger hatten sie in Saudi-Arabien erst den Kopf abgehackt und dann seinen Rumpf gekreuzigt. Ich fand das so bizarr und las ihr den entsprechenden Artikel vor. Sie schwieg und lachte nicht.
„Vielleicht hatten sie nach der Enthauptung Angst gehabt, dass sein kopfloser Rumpf ihnen schaden könnte", sagte sie, „oder er hatte Kopfschmerzen gehabt, und sie wollten es ihm leichter machen, aber ich glaube eher, dass es eine religiöse Handlung war. Für was auch immer. Ich will nicht mehr alles wissen."
Und dann tat sie wieder irgendetwas. Das war ihr Merkmal: Tun. Selten war sie unbeschäftigt und rastete, als hätte sie ein bisschen Angst innezuhalten. Als ich sie fragte, widersprach sie.

Sie hätte weder Angst vorm Nichtstun noch vor dem Tod, der alles Nichtstun in den Schatten stellen wird. „Nur so weit bin ich noch nicht, " sagte sie. Niemals habe ich sie sich nach hinten anlehnen und ein Album mit alten Fotografien anschauen sehen. Interessierte sie nicht, vielleicht machte es sie auch traurig, die schönen alten Bilder. Wenn es in ihrer verblassten Welt überhaupt schöne Bilder gegeben hat. „Ich habe viel Schönes erlebt", sagte sie einmal. Also doch.

3

Das menschliche Miteinander ist nicht so geheimnisvoll wie man immer denkt. Meist passt es ja, wenn keine großen Absichten im Spiel sind, wenn man nichts gewinnen will, aber auch nicht theatralisch großartig etwas verlieren. Kein Drama. Dramen sind nicht so gut für das menschliche Miteinander. Dies ist, wie ich bereits sagte, keine Geschichte über eine demente Frau. Natürlich auch keine Liebes- oder Lebensgeschichte, natürlich nicht. Das lag nicht so sehr an mir. Es lag an ihr. Sie hasste die großen Gesten und Worte. Meist hatte sie in ihrem Leben andere Worte genommen. Liebe war ihr verdächtig. Was beinhaltete das Wort? Ausschließlichkeit und Gewalt? Das andere, was auch dazu gehört, hatte sie vergessen oder sie misstraute ihm. Doch das tat mir gut, dass ich damals auf jemanden traf, der genau das nicht mehr kannte und wollte. Sie wollte keine Berge mehr erklimmen, vielleicht hatte sie es in ihrem ganzen Leben nicht getan. Aber ein paar Meter sollten es schon noch sein.

Als sie dann starb, war ich traurig. Ich regelte das mit ihrer Beerdigung. Auf dem Friedhof waren neben mir nur noch zwei alte Nachbarinnen da. Ein Priester, obwohl sie an nichts geglaubt hatte, hielt eine schöne kleine Rede. Er verstand wohl mehr von der Welt, als sein Rang hatte vermuten lassen. Dann ging ich heim. Manchmal hält ein Mensch, dem wir begegnen, den Schlüssel zur nächsten Tür, durch die wir gehen werden. Ich fiel danach nicht wieder ins Bodenlose wie zuvor sondern nahm mich zusammen. Von einer Freundin ließ ich nach einer Fotografie ein kleines Portrait von Magda malen, eine der unzähligen alten Frauen, die auf dem Erdkreis leben, und hängte es in mein Wohnzimmer. Magda auf dem Bild hatte nichts Typisches, fand ich. Fünf Jahre später hing es immer noch im Wohnzimmer. Nur die Wohnung hatte ich gewechselt, weil die alte zu klein geworden war. Ich hatte mittlerweile geheiratet, und wir hatten drei Kinder bekommen, jedes neue Jahr eins, weil es meine Frau so wollte. Und meine Frau, der ich nicht viel über Magda hatte erzählen können, hielt das Bild in Ehren, und sie pflegte Magdas Grab da, wo sie es vermutete. Es war ein namenloses. April 2012

Der Fluss des Lebens

Er erinnerte sich. Damals. Man hatte ihn völlig entkleidet. Ein kleines Kind, ein Knabe, der sich seiner Nacktheit schämte. Da war er vielleicht vier oder fünf. Noch kein Schulkind. Und der große gekachelte Ofen im Wohnzimmer war an diesem Tag nach dem langen Sommer zum ersten Mal wieder angefeuert worden. Doch noch war es nicht richtig warm in dem viel zu großen Zimmer geworden. Zur Scham kam jetzt die Gänsehaut hinzu. Irgendjemand trug ihn im Arm. Die große Schwester? Die Mutter auch nicht, die war meist woanders. Der Vater? Der hätte vorher darauf gedrungen, dass der Junge eine Hose ankriegt. Nein, einen nackten Sohn hätte der schon deshalb nicht getragen, weil es ihm peinlich gewesen wäre. Ach, dieser Tag ist schon solange her. Nein, die Schwester war es nicht. Die lag an jenem Tag mit einer Pilzvergiftung im Bett, und es sah schlecht aus. Und die Tante war es auch nicht... Aber wer?

Manchmal, auch als er schon viel zu alt für so etwas war, erinnerte er sich an diesen Vormittag. Es war ein Vormittag gewesen. Auf jeden Fall. Er konnte sich nicht mehr an die weiteren Abläufe erinnern. Sicher geschah danach nichts Aufsehenerregendes mehr. Vielleicht wurde er später zu Bett gebracht, weil man befürchtete, dass auch er eine Pilzvergiftung hatte. Quasi zur Vorbeugung ins Bett. Und danach? Die nächsten Erinnerungen, die er hatte, stammten aus einer ganz anderen Zeit, als er schon zur Schule ging und auf der Schiefertafel mit einem Griffel einen Buchstaben übte. Welcher? Nein, es war kein F. So kompliziert war es nicht. Ein L vielleicht oder ein E. Da saß er am großen Wohnzimmertisch und ausgerechnet die Mutter war an diesem Tag da, wo sie doch so selten in seiner Kindheit aufgetaucht war. Und sie schaute ihm über die Schulter bei seinen Schreibbemühungen zu, wenn sie nicht gerade dabei war, vor das Fenster zur Straße hin einen dicken Vorhang aufzuhängen. Sie schimpfte auch nicht, obwohl er offensichtlich keine schönen Buchstaben hinkriegte, immer den gleichen, meinte aber, dass er es falsch machte und konnte ihm nicht vormachen, wie es denn richtig gehen würde. Nein, sagte sie lachend, meine Buchstaben könntest Du erst recht nicht schreiben.

Einen Monat später oder ein Jahr ging er über eine breite Straße, auf dem Rücken den Tornister. Er war kräftig und spürte den Druck auf seinem Rücken nicht. Aber wie konnte er sich bloß daran erinnern, dass etwas nicht da war? Kein Druck im Kreuz! Er war federleicht. Der Tag dämmerte eben. Ausklingender Winter. Ja, bald würde es Frühling sein, bald käme sein Geburtstag und der Geburtstag seiner Schwester. Doch die war ja nicht mehr. Denn sie war schließlich der Pilzvergiftung erlegen. Er hatte das gesagt bekommen.
Man hatte sie ihm in totem Zustand nicht mehr gezeigt. Martha, hatte ihm jemand gesagt, ist gestorben. Aber sei nicht traurig… Das war er dann auch nicht, nur ein bisschen leer und ausgeräumt, gar nicht tieftraurig, es bestand keine Gefahr, dass Tränen flössen.
Martha hatte den falschen Pilz gegessen.
Er, der kleine Bruder, war verschont geblieben, hatte den giftigen Pilz wundersamerweise nicht angerührt sondern nur die essbaren und wäre gern trauriger gewesen, als er es war. Die

quirlige Stimme der Schwester, die immer so getan hatte, als wäre sie noch schlauer als die Mutter, ihr Mund, aus dem die wie ein Bergbach sprudelnde Stimme kam, der aber verletzlich schien, als könnte ihn ihr jeder Dahergelaufene stopfen, und die Stimme würde niemals mehr erklingen. Dabei war sie so stark. Selbst auf ihrer Beerdigung war er nicht.

Nein, um ehrlich zu sein, sie war für ihn einfach verschwunden, und er erfuhr niemals, wo sie abgeblieben war. Man zeigte ihm später ein Grab, da konnte er schon lesen, auf einem Holzkreuz stand ihr Name. Nun gut, in dieser Erde lag ihr Körper oder eben die Reste davon. Aber, verflucht noch mal, wo war sie? Bei diesem Gedanken fühlte er sich so nackt und hilflos, so ausgeliefert. Doch es war ihm ansonsten nichts Schlimmes passiert.

Plötzlich kommen seine Gedanken in der Gegenwart an. Es ist der heutige Tag. Nicht früher und nicht später. Heute. Zwischen den alten Erinnerungen und heute ist ein ganzes Menschenleben gewesen. Seines. Und noch nicht vorbei. Immer noch blubbert der Bach, nein, mittlerweile war er breit wie ein Fluss und ruhiger geworden, begradigt, sein Wasser war bisweilen in Kanälen abgeleitet worden. Und jetzt bewegte er sich auf die letzten Kilometer seines Laufes zu. Das Land, durch das es ging, war ganz flach geworden. Damals, oben in den Bergen, hatte er sich mit anderen zusammen getan. Später begann er sich auszuweiten und Bögen zu schlagen, später sich zu teilen. Und dann flösse er ins Meer und wäre verschwunden. Soweit noch nicht.

Oft griffen seine Gedanken weit voraus, das war jetzt keine Ausnahme, und waren zu ungeduldig um das alles erst einmal zu erleben, was er schon begann, überwinden zu wollen. Doch oft war es noch gar nicht soweit. Er hatte sich oft zu früh gewehrt. Doch er hatte warten müssen.

Er saß nun an einem Tisch. Seine Frau trat langsamen Schritts zu ihm hinzu, blieb neben ihm stehen, ihre eine Hand, kaum noch Fleisch dran, die Hand einer ganz alten Frau, legte sich zärtlich auf seine Schulter, und er sah zu ihr hoch. Was er sah, sah er allein. Seine Frau, mit der er nun schon über fünfzig Jahren zusammen lebte. Keiner auf dieser heutigen Welt wusste wie er, wie schön sie immer noch ist, ihr immer noch schüchternes Lächeln war unnachahmlich. Sie ist aber jetzt auch traurig, als würde sie in eben dieser Sekunde daran denken, dass der Tag ihres Todes bevorsteht.

Und seiner?

Vielleicht sollten wir zusammen sterben, dachte er. Das wäre schön. Und wenn schon nicht zusammen, sollte der eine dem anderen schnell folgen wie Johnny Cash seiner Frau. Kein einziger Tag ohne sie würde schön sein. Alle sind sie dann ausnahmslos Strafe. Doch wofür? Diese Strafe hatte er weder verdient noch wollte er sie hinnehmen.

Immer noch sah er in ihre Augen. Verwundert dachte er daran, dass er seine Frau niemals richtig kennen gelernt hatte. Etwas Fremdes war immer geblieben. Sie war überhaupt der einzige Grund, dass er eventuell doch an einen Gott geglaubt hätte. Doch jetzt nicht mehr. Sie würde sterben, nicht irgendwann, sie würde sterben in spätestens zwei, drei Tagen. Ihr altes Herz würde nicht mehr schlagen und seines dann natürlich auch nicht mehr. Was für ein wunderschönes Leben er gehabt hatte! Hätte er nur nicht geraucht, hätte er nur nicht seine Frau verführt zu rauchen und hätte sie nie betrogen, dann wäre alles noch besser geworden. Sie würde noch nicht sterben und er würde sie über das bisherige Maß hinaus noch ein weiteres Jahr lieben.

Wie kam es nur dazu, dachte er, dass ich das Glück hatte? Hatte nicht alles in seiner Kindheit angefangen mit einem Tod? War er nicht nur zufällig am Leben geblieben? Mühsam setzte sie sich neben ihn und begann zu lesen, was er geschrieben hatte. Dann sagte sie zu ihm: „Ich habe Dich nie ganz geliebt. Doch glaube mir, ich habe Dir alles gegeben, was ich geben konnte. Eine bessere Frau als mich…" Da unterbrach er sie und nickte. Sein Blick fiel auf ihre fleckige Hand.

„Was ist das nur für ein Tag?", fragte er.

„Du weißt schon, wer er ist?"

„Heute?" fragte er. „Ist er der letzte?" Da nickte sie.

„Kannst Du Dich noch erinnern, wie sehr wir uns früher liebten?" fragte er. Da schüttelte sie mit dem Kopf. Nein, das konnte sie nicht mehr. Aber jetzt war alles gut. Sie stand auf und ging ins Schlafzimmer. Schnell folgte er ihr. Er wollte sie nicht aus den Augen lassen.

Sie legte sich auf die Decken, den ganzen alten müden Körper, und langsam kam die Leichtigkeit zurück, die sie ganz früher schon einmal gehabt hatte, als sie ein Kind gewesen war, und das Schweben begann. Es war so gut.

Er wäre gern mit ihr gegangen. Doch an jenem Tag gelang es ihm noch nicht. Schließlich war er immer noch nicht der Herr über Leben und Tod geworden. Er müsste abwarten und es einfach gehen lassen.

Was blieb ihm auch anderes übrig?

Von Müllmenschen

1

„Eigentlich möchte ich meine Geschichten einfach liegenlassen und sie mit der Gabe ausstatten, ein eigenständiges, von Menschen unabhängiges Leben zu führen, auch von mir. Nur dann blieben sie rein und unversehrt. Doch das ist völlig unmöglich. Nichts auf dieser Welt ist unantastbar, besonders nicht Geschichten, die nicht in schusssicheren Westen stecken. Meist sind sie durch fremde DNA verunreinigt. Und wenn meine Geschichten woanders sind als bei mir, welches Leben werden sie dann führen? Ich kann nicht ewig auf der Lauer liegen und auf sie aufpassen.

Wenn ich dann einmal tot bin, und meine Frau, meine Kinder und Enkel die Aktenordner in einen Karton werfen, in denen die Geschichten verwahrt sind, und sie drüben in den Spitzboden des Anbaus bringen, können sie vielleicht noch weitere Jahrzehnte überleben, bis dann die Kindeskinder meiner Kinder kommen oder andere, die dann Eigentümer dieses großen Hauses sind, das einen Turm hat, und werden hineinsehen und sie nicht verstehen, wie meine Zeitgenossen auch nicht. Sie werden zweifeln, ob das Alter und die Jahre nicht doch einen gewissen Wert erzeugt haben, den man nicht einfach mit den Geschichten verbrennen darf. Deshalb wollen sie sie nur wegschmeißen und nicht verbrennen, weil dann theoretisch noch die Möglichkeit der Wiederentdeckung bestünde. Es ist einfach eine gewisse Scheu vor dem Unumkehrbaren. Und sie werden sie zu einer Müllkippe fahren. Im Himmel über dieser Müllkippe werden Generation von Krähen und Möwen segeln und schreien, und unten in einem großen, feucht gewordenen Karton werden meine Geschichten vergammeln, bis eine Familie von Müllmenschen kommt, denn die wird es in Zukunft in Europa massenhaft geben, weil dort die Regierenden die Nerven verlieren und nicht mehr glauben, dass alle Menschen gleich sind und es sich lohnt, jedem das Recht zu geben, nach Glück zu streben.

Diese Müllmenschen werden an meinem Geschichtenkarton vorbeikommen und zögern. Vielleicht sind sie neugierig. Einer von ihnen kann sogar lesen. Er ist es auch, der einen Ordner aus dem Karton nimmt und ihn aufschlägt. „Es sind Geschichten!" wird er ausrufen. Da sie datiert sind, kann er den anderen sagen, dass sie hundert oder zweihundert Jahre alt sind. „Man hat also damals Geschichten geschrieben?" rufen die anderen. „Ja", sagt der des Lesens Kundige, „aber man hat nicht mehr an sie geglaubt. Sie hatten damals sowenig Zukunft wie wir heute." Und dann werden die Müllmenschen weitergehen, ohne auch nur eine Geschichte ganz gelesen zu haben. Und nicht viel später wird es diese Geschichten überhaupt nicht mehr geben, es sei denn, dass die in ihnen wohnende Gedanken wie Gespenster auffliegen und lange als Luftgeister leben bleiben können, was unwahrscheinlich ist. Ansonsten werden sie wie alles auf der Welt werden, das stirbt und hinfällig ist. Nichts bleibt. Aber nun erzähle ich Dir doch, wie es dazu kam:

Ich bin ein Mensch, der immer angehalten werden musste, fleißiger zu sein, denn von mir aus bin ich es nicht genug. Es müssen irgendwelche dringenden Umstände hinzukommen, dass ich mich bequeme, das endlich zu tun, was meine Pflicht ist. Lamentieren und jammern, das sind schon eher die Disziplinen, in denen ich gut bin. Ich hatte mir vorgenommen, die Weisheit, die in einer verschlossenen Flasche läge, endlich herauszulassen und es allen zu sagen. Dabei bin ich dann gar nicht gut darin, mich selber dauerhaft zu beschwindeln. Denn eigentlich glaube ich nicht an die Existenz einer solchen, eigenständig existierenden Weisheit, eines abstrakten Phänomens, die unsere Welt bestimmen und antreiben könnte. Eigentlich ist durch die eine oder andre Zen-Episode alles mehr oder weniger gesagt. Verstehen kann sie keiner. Begreifen, wenn es meint, dass es ein sinnlicher Vorgang unterhalb der sich in Worten vollendenden Vernunft ist, vielleicht. Jeder Tag ist wie das Reiten auf einer Welle. Die Richtung gebe ich nicht vor, nein, das sind die Wellen, die Ereignisse, das von mir nicht zu beeinflussende Geschehen, die sie vorgeben. Mein Beitrag ist, dabei die richtige Haltung zu finden, solange als möglich, während ich auf den Wellen bin, nicht den Stand zu verlieren und mich nicht gegen alle Gesetzmäßigkeiten der Schwerkraft zu sträuben. Und das tue ich leider unentwegt, lamentieren, jammern, zürnen, rechthaben. Mein Ziel ist ein langer Ritt. Mein Beitrag, dies zu erreichen, wäre, das Richtige zu tun. Was das ist, sagen mir die Wellen nicht, die unentwegt an Land schlagen. Das muss ich selber wissen. Aber ich weiß es eben nicht.

Wenn ich ehrlich mit mir zu Gericht gehe, muss ich zugeben, dass ich kein Recht habe, auf andere oder die Umstände zu schimpfen. Ich versaue selbst meist alles. All das kann ich nur schreiben, weil ich mit 55 in die Jahre gekommen bin und keine Mauern mehr abreißen und keine neuen auftürmen will. Ich tauge maximal nur noch zu einem Protokollanten dessen, was sich eben abspielt. Aber wer will das lesen? Birgt doch keine Hoffnung, oder? Das ist das Wagnis, dass ich unterstelle, dass es in der Welt, in der ich befristet lebe und vorhanden bin, im Zustand der Aufmerksamkeit genug Gründe gibt, hoffnungsvoll zu sein, und man keine erfinden muss. Und wenn nicht, wenn die Welt nicht ohne gewaltsame Einwirkung auf mein Wahrnehmungsvermögen dazu taugt, mir Hoffnung zu machen? Dann taugen auch meine Gewalt, in die Geschehnisse einzugreifen, und meine Manipulationen an ihnen und meine Selbsttäuschungen nicht.

2

Mein Name sei …

Nun setz etwas ein!

Früher war ich Sozialarbeiter. Dann machte ich eine kleine Erbschaft, richtete ein Depot bei einer Bank ein und begann, mit Aktien zu handeln. Ich kaufe sie, und ich verkaufe sie. Ein völlig moralloses Geschäft. Am Ende des Monats bleibt mir ein kleiner Gewinn.

Was ein Leben!

Nach einem dreißigjährigem Arbeitsleben als Sozialarbeiter bin ich nun auch dies geworden. Und wenn ich mich selbst täuschen würde, dass dies oder etwas anderes einen über den Tag herausreichenden Wert hätte? Natürlich, das tue ich alle Tage wie jedermann: mich täuschen. Nur jetzt, am späten Abend, wenn ich schreibe, habe ich es nicht mehr nötig. Das ist ja der Sinn davon. Ich bin dabei, einen langen Monolog an mich selber zu richten. Da muss ich nicht sagen, dies und das wäre besser als etwas anderes. Früher war ich ein Mann, der liebte. Früher hatte ich eine Familie, um die ich mich kümmern konnte. Doch alle sind gegangen, alle haben ihren Weg gefunden, der unabhängig von meinem ist. Manchmal bekomme ich Telefonate von meinen

Kindern, von meiner früheren Frau, die mittlerweile einen lebenslustigeren Mann gefunden hat, der mit ihr jedes Jahr drei Monate nach Australien fährt. Und ich? Ich bleibe in Obergrauen. Mir bleibt genug Zeit, täglich die Zeitung zu lesen, die Nachrichten im Fernsehen zu verfolgen. Manchmal höre ich mir eine Debatte im Bundestag an und muss lächeln. Nein, diese Volksvertreter lügen das Volk nicht an, zumindest lügen sie das Volk nicht mehr an als sich selber. Die meisten sind guten Willens. Doch eine gerechte Welt, ein gerechtes Land, ein gerechtes Deutschland erreichen sie nicht. Was soll ich sie dafür kritisieren? Manche wollen den Reichtum der Reichen schützen, weil, weil, weil.... Und heute höre ich, dass sich einige von denen, die unvorstellbar reich sind, zusammengetan haben und rufen, dass sie nicht wollen, dass sie beschützt werden. Sie wollen nicht, dass die Volksvertreter ihren Reichtum schützen sollen, sondern sie wollen mehr und nicht weniger Steuern zahlen, damit es gerechter zugeht in unserem Land. Das mutet wie ein Witz an. Mir macht es Hoffnung, obwohl es sicherlich naiv ist, an deren rechtschaffenen Motiven zu glauben, was ich allerdings tue.

Wie gut, dass ich die ganze Nacht Zeit hatte und immer noch habe, Geschichten zu schreiben. Einige sind frei erfunden, einige gründen auf Ereignissen aus meinem früheren Leben. Ich weiß nicht, warum ich sie schreibe. Es ist mein privater Pyramidenbau. Lach nicht, Du! Solch einen privaten Pyramidenbau betreibst Du auch, wenn Du nachdenkst. Du solltest Dir von vornherein einmal abschminken, dass Du schlauer wärst als ich.

Und dann ist da wieder eine Geschichte, von der ich gehört habe, keine, die ich noch schnell selbst erlebt hätte, denn das tue ich nicht mehr. Meine Geschichte ist leider das Fehlen einer solchen. So erfinde ich eben eine. Heute die, vielleicht fand sie doch statt, und ich vergaß, sie mir zu merken, als sie vollendet war. Es fing damit an, dass es stürmte. Der Himmel war in Aufruhr. Nach Wochen der Dürre bei uns in Hessen war plötzlich der ganze Himmel voller Elektrizität und Spannung, die sich unbedingt entladen, Wolken, die sich ausschütten mussten. Ich saß auf unserer Dachterrasse und eben hatte ein Blitz in Bruchteilen einer Sekunde einen leuchtend gelben Buchstaben, ein krakeliges Ding, in die Atmosphäre geschrieben. Ein Memento Mori. Dann krachte es, und der Himmel ergoss sich. Alles geschah innerhalb kürzester Zeit. Plötzlich fuhr unten auf der Straße kein Auto mehr. Die Menschen, die noch zu Fuß unterwegs waren, verstummten plötzlich in Ehrfurcht vor dieser sich präsentierenden Naturgewalt. Es regnete. Es begann erst, doch alles lief darauf hinaus, dass es nicht mehr aufhören würde. So war es dann. Und ich stand oben auf der Dachterrasse. Aufkommende Windböen trieben die Regenmassen horizontal auf mich zu, und ich war klatschnass. Erst allmählich kam die Angst. Dieses Gewitter, dachte ich, ist nicht normal. Eine Apokalypse. Nein, ich ahnte, dass dies nicht das Weltende wäre. Aber wie würde es weitergehen. Ich lief runter und telefonierte sofort mit meiner Tochter. Sie war ganz aufgeregt. „Wo bist Du denn gerade?" fragte ich. Sie hörte mich nicht. „Papa, es ist schrecklich. Die Häuser fallen in sich zusammen." Dann unterbrach die Verbindung. Ich lief wieder hoch auf die Dachterrasse, dessen Boden nun unter Wasser stand. Immer noch zuckten Blitze und schrieben Zeichen in den Himmel. Und der

Donner war wie von Schlagzeugern gemacht. War es nicht verdächtig, dass es einen immer wiederkehrenden Rhythmus gab? Das könnte eine Einbildung sein!

Es war nur schlechtes Wetter, wenn man dies hier so bezeichnen wollte. Und dann sah ich einen hellen Stern, der langsam immer näher kam. Diesmal keine Furcht bei mir. Neugier. Erstaunen. Derzeit ist alles egal, dachte ich. Vielleicht eine Botschaft. Das wäre interessant.

...bis der Stern fast über mir stand, eine goldgelbe Scheibe inmitten des zürnenden Wetters, die sich drehte. Tatsächlich. Ich erkannte an dem Ding dort oben eine Rotation. Außerirdische? Jetzt kommen sie also... Das war der letzte Gedanke, den ich dachte. Kurz darauf erwachte ich. Dicke Regentropfen schlugen gegen die Scheiben des Schlafzimmerfensters. Sie hatten mich geweckt. Ich sprang sofort auf und sah in den Himmel. Aber dieses leuchtende, runde, sich drehende Ding war verschwunden. Ich musste es wohl geträumt haben. Ganz erschöpft wankte ich ins Wohnzimmer. Ich war nackt. Auf dem Tisch stand eine halbvolle Weinflasche. Ich zog den Korken raus und setzte sie mir an den Mund und trank einen tiefen Schluck. Ich wollte Nachrichten hören. Sofort. Doch der Fernseher war tot. Stromausfall. Kein Licht, nirgendwo. Was sollte nur werden. Zurück im Bett lag ich noch lange auf dem Rücken und grübelte, ohne dass meine wild anschwemmenden Gedanken eine bestimmte Aussage hatten. Sie kamen unzusammenhängend an, blieben für eine Weile und ebbten dann wieder ab. Erst nach einer Ewigkeit schlief ich wieder ein. Was werde ich morgen tun, dachte ich noch.

Ich kann mich an nichts mehr erinnern bis eben. Ich schreibe alles auf. Ob noch jemand lebt? Was soll das? Es war ein Schlaf. Es war ein Traum. Es hat sich ja nichts verändert. Keiner ist zu Schaden gekommen.

Mein Name sei Leo Rohrschach. Ich bin weit über 50, kurzatmig doch ansonsten recht gesund. Das ist noch nicht mein Problem. Noch bin ich nicht ernsthaft krank oder bereits lebensschwach. Noch bin ich stark genug für Aufgaben, die mir gestellt sein könnten. Wer? Gestern auf der Straße begegnete ich einem fünf- oder sechsjährigen Jungen. Der sah traurig aus. Er hatte lange, strubbelig und stachelig auf dem Kopf stehende Haare. Ich dachte noch, so sah früher mein eigener Sohn aus. Deshalb fragte ich den Jungen nach seinem Namen. Doch der sah mich nur erschreckt an und lief davon."

Zwei Jahre später…

„So ging es immer weiter. Damals habe ich einfach weiter gemacht. Ich habe mich nicht aufhalten lassen. Und so sind wieder zwei Jahre hinzu gekommen. Manchmal fällt mir das Laufen schwer. Sicher ist es das Rückgrat, ein eingeklemmter Nerv. Manchmal schmerzt beim Gehen der Fuß, dann das Bein. Dann kommt ein Taubheitsgefühl. Doch diese Symptome kommen unsystematisch. Meist beim Gehen. Und dann verschwinden, wenn ich nur schnell genug laufe, wieder alle Schmerzen. Ja, es ist lächerlich, aber wenn ich schnell bin, ist die Chance groß, keinen Schmerz zu spüren. Nur das Schlendern bereitet mir Verdruss. Dafür ist mein Körper nicht mehr gut genug.

Dies hier ist überhaupt keine ordentliche Geschichte, es ist kein Weg, nur Füllmaterial für die Fugen zwischen den Gehwegplatten auf dem Weg, den ich gehe. Geschichten sehen anders aus. Ich habe welche geschrieben. Um was zu erreichen? Ist nicht jeder Satz, den wir schreiben und ernst nehmen, jede Geschichte, die wir verwahren wie einen geheimnisvollen Sextanten, dessen Gebrauch wir nur noch nicht kennen, ein Zauber? So wird es also weiter gehen. Und tatsächlich, Sätze sind wie Früchte, manche schmecken sogar gut. Alle aber, wenn wir sie nicht rechtzeitig lesen, werden verfaulen. Meine besonders. Ja, ihr Müllmenschen in den fernen Zeiten, ihr seid daran nicht schuld, dass es so kommen wird.

Vorhin stieg ich, nachdem ich draußen eine Zigarette geraucht hatte, wieder die steile Treppe von der Dachterrasse hinab. Sowohl mein Vater als auch meine Mutter sind nach einem Treppensturz gestorben. Ich muss unbedingt aufpassen."

Engel

1

Meine Fähigkeiten an ganz ausgefuchste Sachen zu glauben, waren immer begrenzt. In meiner Kindheit glaubte ich an Gott. Das war schon was. Der aber, an den ich glaubte, war weder in Bethlehem geboren, noch in Nazareth aufgewachsen, noch in Jerusalem hingerichtet worden, weil ich es so genau nicht nehmen wollte mit dem Lebenslauf meines Gottes. Wenn sich nämlich nun herausgestellt hätte, er wäre anstatt in Bethlehem in Mekka geboren, hätte ich ihn sofort als Lügner anprangern und mir ein neues Idol suchen müssen. Ist doch blöde. Mir war eigentlich nur immer wichtig, dass mein Gott kein Moloch sondern ein Menschenfreund ist, auch wenn das anmaßend ist, ihm vorzuschreiben, wie er sein soll. Später merkte ich dann, dass ich es eigentlich auch ganz bleiben lassen könnte mit dem Glauben. Das Wichtigste ist immerhin das Tun. Und damit meine ich meines. Und das ist schon schwierig genug, sich dabei richtig anzustellen. Oft klappt es nicht.

Nein, an die ganz speziellen Sachen zu glauben, ist mir nie gelungen. Ich finde allerdings auch, dass da manche Leute, die sogar noch an die sechste Stelle hinterm Komma glauben können, ihre Fähigkeiten ganz schön ausreizen. Sie sollten es nicht übertreiben, denn selbst wenn Maria, die Madonna, so, wie es eigentlich üblich ist, schwanger geworden ist, dann ist sie noch längst keine Hure gewesen wie alle anderen Mütter auch nicht. Und kein bisschen schlechter oder weniger heilig.

Eine besonders spezielle Sache ist die mit den Engeln. Was soll denn das? Hinter mir steht einer und beschützt mich? Mein Schutzengel? Keiner glaubt wirklich daran. Dieser Kerl wäre auch, wenn er wirklich vorhanden wäre, nicht verlässlicher als der Gewinn in einem Glücksspiel. Manchmal ist er da, meist, das lehrt leider die Erfahrung, aber nicht. Und was heißt schon Kerl? Engel könnten doch auch ganz gut Frauen sein, oder?

2

Es war in Schwanheim oder Goldstein. So genau weiß ich das nicht mehr. Die Lage schien ziemlich aussichtslos zu sein, und ihre Couch war unheimlich groß und breit und tief im Vergleich zu ihr. Denn sie versank darin wie in einem Meer. Sie ging fast unter. Eben hatte sie noch geweint. Das sah man. Ihre schwarzgeränderten Augen! Ihre dunkel glänzenden, lockigen Haare. Doch ihr Blick war kein verbitterter, ihre Augen waren groß und verrieten noch ihre Kraft. Sie hatte die Arme vor der Brust gekreuzt. Sie war nicht offen und bereit, um mit mir zu reden, denn sie vertraute mir nicht. Sie fürchtete das Schlimmste, obwohl sie sicher war, das Beste für ihre Kinder, einen Sohn und eine Tochter, getan zu haben.

Doch ihr Blick…, sie sah mich an und lächelte dann sogar. Kein verlogenes Lächeln, eher ein Testlächeln. (Wie wird er, der mir gegenüber sitzt, darauf reagieren?) Sie war jedenfalls nicht verbittert, sie war noch eine reizende Frau trotz all der Jahre, trotz all des Kummers und trotz der Schicksalsschläge, die eingetreten und die noch nicht eingetreten waren.

Und dann begannen wir zu sprechen. Der Anlass meines Besuches war der drohende Wohnungsverlust. Schon lange nicht mehr war auf das Konto der Wohnungsgesellschaft die volle Miete geflossen, deshalb hatte die fristlos gekündigt und geklagt, und den Räumungstitel, als er da war, einem Gerichtsvollzieher übergeben, damit er sie, ihr Name war Serap, und ihre zwei

Kinder, Tarik und Aysha, mit Hilfe von vier Möbelpackern und eines langen LKWs aus der Wohnung räumen und woanders hin verfrachten sollte. Ich war beauftragt worden zu schauen, ob das vermieden werden und Mensch und Möbel vielleicht bleiben könnte. Denn wenn die Mietschuld schnell und ganz bezahlt werden würde, wäre die Gesellschaft bereit, Serap die Wohnung zu belassen.

Das Problem war der eben erst volljährig gewordene Sohn. Oder vorher schon... Das Problem war, dass die Familie auseinander gebrochen war. Der Ehemann und Vater hatte sich verdrückt. Und dann war auch noch ihre Krankheit hinzu gekommen. So ein Krebs. Und dann konnte sie nicht mehr arbeiten gehen, und die Miete wurde vom Amt bezahlt. Und da kam jetzt das Problem mit dem Sohn ins Spiel. Ein frecher Kerl, könnte man meinen. Er weigerte sich, arbeiten zu gehen. Vielleicht lag es auch ein wenig an seiner Drogensucht. Egal wie, so wurden dem Sohn alle Geldleistungen vom Amt gesperrt wegen mangelnder Mitarbeit, und auch ein Drittel von der Wohnungsmiete, das ihm zugerechnet wurde, bekam die Mutter nicht mehr ausgezahlt. So war es, nachdem von ihr oft zu wenig Miete gezahlt worden war, zur Kündigung und einem Räumungsurteil gekommen. All das erzählte sie mir, tief versunken in ihrer Couch, ein dünnes zerbrechliches Wesen.

„Und?" fragte ich.

Die Frau vom Amt hätte ihr geraten, den Sohn rauszuschmeißen, sagte Serap. Dann würde der Mietrückstand ausgeglichen und zukünftig wieder die ganze Miete ausgezahlt werden.

„Das können sie doch von mir nicht verlangen", sagte Serap. „Ich bin todkrank. Da kann ich doch meinen Sohn nicht vor die Tür setzen. Ich brauche ihn übrigens auch. Denn seitdem ich es nicht mehr selber kann, kauft er für mich ein und macht die Hausarbeit."

Wer es glaubt? dachte ich. Er wäre der erste drogenabhängige Sohn, von dem ich hörte, der das macht.

„Kann Tarik nicht zum Vater ziehen?" fragte ich.

Sie sah mich zweifelnd an. „Der hat selbst keine Wohnung mehr", sagte sie, „der wohnt bei seinem Bruder."

„Und dahin?" fragte ich noch einmal.

Serap sah mich abweisend an. Ihr Verdacht, dass ich ihr nicht helfen wollte, schien sich eben zu bestätigen. „Er könnte dahin gehen", sagte Serap. „Aber das will er nicht, und ich will es auch nicht, und eigentlich wollen es sein Vater und sein Onkel auch nicht, weil sie keinen Platz und keinen Nerv haben. Tarik ist im Übrigen nicht einfach. Sie wissen, Drogenabhängige brauchen immer Geld, egal wie sie dran kommen."

„Aber wenn er sich einfach ummeldet und dann einfach hier wohnen bleibt?" fragte ich.

„Das geht?", erwiderte sie zweifelnd. „Die prüfen das doch sicher nach."

Ich schüttelte mit dem Kopf. Ich hatte im Vorfeld mit Frau Kotusow, der Sachbearbeiterin auf dem Amt gesprochen, die selbst nicht glücklich über die ganze Entwicklung war. Sie kannte die Krankheitsgeschichte der Mutter, die des Sohnes, aber sie kannte auch die Bestimmungen und Verwaltungsvorschriften, denen sie sich bei ihren Entscheidungen unterwerfen musste. Und da hatte sie mir gegenüber angedeutet, dass sie nicht mit allen ihr zu Gebote stehenden Mitteln kontrollieren würde, ob der Sohn auch tatsächlich ausgezogen wäre, wenn er sich nur endlich aus Seraps Wohnung abmeldete.

„Nein", sagte ich, „da wird keiner bei Ihnen herumschnüffeln."

„Aber das ist doch eine Zumutung für eine Mutter", sagte Serap. Jetzt standen ihr Tränen in den Augen.

Ich nickte. „Es ist die einzige Möglichkeit." Wir unterhielten uns noch einige Zeit. Ihr Misstrauen mir gegenüber war inzwischen geringer geworden. Und schließlich willigte sie ein, es so zu tun, wie ich es vorgeschlagen hatte. „Aber es ist nicht richtig", sagte sie. „Warum müssen sie mir meinen Stolz nehmen? Wie kann man eine Mutter zwingen, ihren Sohn rauszuschmeißen?"

„Sie tun es doch gar nicht."

„Aber trotzdem", sagte Serap, „es zerreißt mir das Herz." Zwei Wochen später hörte ich von Frau Kotusow, dass der Sohn zum Vater umgezogen war. Sie sagte kein Wort mehr als nötig dazu. Und auch ich schwieg.

Unter der Bedingung, dass sämtliche Mietschulden ausgeglichen würden, erklärte sich die Wohnungsgesellschaft bereit, die Räumung der Wohnung abzublasen. So geschah es. Und danach hörte ich ein ganzes Jahr nichts mehr von dieser Geschichte.

3

Nach einem Jahr hatte Serap wieder einen Mietrückstand. Wieder drohte die Räumung der Wohnung. Warum sie diesmal nicht gezahlt hatte, blieb erst einmal unklar. Frau Kotusow auf dem Amt, die immer noch zuständig war, lud Serap zu einem Gespräch ein und schlug mir vor, daran teilzunehmen. Als ich Serap wiedersah, glaubte ich, dass sie auf wundersame Weise den Krebs besiegt hatte. Sie sah so gesund, so angriffslustig, so kräftig aus. Auf Frau Kotusows Bitte hin hatte Serap eine Liste der wiederkehrenden monatlichen Ausgaben gemacht, denn an irgendetwas musste es ja liegen, dass am Ende nicht genug für die Miete übrig blieb. Zum einen, aber dieser Grund durfte hier nicht angesprochen werden, lebte der Sohn wie besprochen immer noch bei der Mutter. Doch für dessen Lebenshaltung bekam sie schon lange kein Geld mehr. Zum anderen fiel in Seraps Aufstellung auf, dass sie immer wieder Geld für Nachhilfeunterricht ausgab.

„Für was ist denn das gut", fragte Frau Kotusow.

„Meine Tochter", sagte Serap, „sie geht aufs Gymnasium. Sie ist eine sehr gute Schülerin und wird bestimmt ein sehr gutes Abitur machen."

„Aber warum dann die Nachhilfe?"

„Französisch, Aysha hat einen Mangel, und der heißt Französisch. Wenn sie den nicht behebt, ist ihr ganzen Zeugnis kaputt."

„Aber, aber", sagte Frau Kotusow, „eine Vier in Französisch ist doch gar nicht so schlecht."

„Sie will Medizin studieren", sagte Serap, „um Ärztin zu werden und mich zu heilen."

Frau Kotusow lächelte unwillkürlich voller Sympathie, und dann lächelte Serap zurück. Sie sagte: „Sie kennen ja sicher die Mädche, die so tun, als wäre das Leben ein Märchen?" Frau Kotusow nickte. „Ja, ja", sagte sie und dann nach einer Pause: „Aber was Sie tun, ist völlig verantwortungslos. Sie werden, wenn sie so weitermachen, ihre Wohnung verlieren."

„Verantwortungslos?" Dieses Wort hat Serap dann wiederholt als Frage: „Verantwortungslos?" Es klang, wie sie es sagte, hart und schneidend. Ihr standen Tränen in den Augen. „Wenn ich alles für meine Tochter tue, ist das etwa verantwortungslos?"

An diesem Punkt des Gesprächs schaltete ich mich ein. Es lief in die falsche Richtung. Es wäre völlig unfair, Frau Kotusow am Ende noch zu verdächtigen, sie hätte kein Herz. Nein, das war falsch und ungerecht. Sie musste bei allem Verständnis die Vorschriften beachten. Und 100 € monatlich für Nachhilfe eines Kindes aus einer armen Familie auszugeben, ist eben unwirtschaftlich. Doch Frau Kotusow hatte das falsche Wort gewählt, denn so wie sie es gesagt hatte, beleidigte es diese Mutter, die wie fast alle Mütter keine Grenze dabei kannte, wenn es um das Glück ihres Kindes ging.

„Sie ist nicht verantwortungslos, Frau Kotusow", sagte ich.

Dann wandte ich mich an Serap. „Sie", sagte ich, „müssen erkennen, was möglich ist. Es hat auf dieser Welt noch niemals Gerechtigkeit gegeben. Ein Kind aus einer armen Familie hat nicht dieselben Chancen wie das aus einer reichen. Sie dürfen nicht gegen die Wand rennen. Sie schlagen sich den Kopf ein. Sie müssen aber nachgeben. Wenn Sie nicht nachgeben und die Nachhilfe für die Tochter einstellen, werden Sie und ihre Tochter obdachlos werden. Wollen Sie das? Und wenn der Notenschnitt nicht ganz so gut wird, dann kann Ihre Tochter immer noch Krankenschwester werden. Die Welt ist eben nicht gerecht. Das war sie noch nie."

Serap sah mich an und überlegte. Sie überlegte sehr lange und nickte. Sie beruhigte sich dabei und schien keine Wut mehr zu haben sondern nur ganz bedächtig meine Worte zu erwägen. Sicher wollte sie verstehen, was ich gemeint hatte und was ich bezweckte und wirklich meinte. Und dann wandte sie sich an mich. „Ja", sagte sie, „ich verspreche es. Keine Nachhilfe mehr für Aysha."

„Na gut", sagte Frau Kotusow. „Einmal noch werde ich den Mietrückstand übernehmen. Sie müssen mir allerdings einen Darlehensvertrag unterschreiben. Ich möchte Ihnen nichts schenken."

„Nein", sagte Serap, „um Gottes Willen, wo denken Sie hin."
„Und sie müssen mir versprechen, in Zukunft nicht mehr unwirtschaftlich mit Ihrem Geld umzugehen."
Serap nickte.
Mir kam das verdächtig vor, weil sie allzu schnell nachgegeben hatte. Ich hatte den Verdacht, dass sie es nicht so meinte. Vielleicht dachte sie, das Ganze wäre wieder nur eine Täuschung.
Tränen standen ihr in den Augen, als sie sich kurz darauf lächelnd von mir verabschiedete. So ist es, wenn es regnet und doch die Sonne scheint. Als ich heimging, fiel mir ein, dass wir weder ihre Krankheit noch ihren bevorstehenden Tod angesprochen hatten. Sie hatte zudem gewirkt, als wäre sie viel zu stark dafür zu sterben. Doch so stark ist kein Mensch.
Kurze Zeit später rief mich eine Kollegin an, die Serap regelmäßig besucht hatte, um ihr im Alltag zu helfen. Serap war ihrem Krebsleiden erlegen. Die ihr bei Entdeckung des Tumors zugestandene Lebenserwartung hatte sie um ein paar Monate überschritten, mehr war nicht gewesen. Aysha, die Tochter, war zum Vater gekommen, und der Sohn war untergetaucht. „Der Vater wird sich sicherlich genauso gut um die Kleine kümmern", sagte die Kollegin. Sie hatte ihn mittlerweile kennen gelernt. Ich stimmte ihr zu, ohne nur ein Gramm davon zu glauben. Wenn Wunder ausbleiben, werden wir wahnsinnig nüchtern. Aber vielleicht würde Serap nun als Engel ihre Tochter beschützen.
Nach dem Telefonat war ich plötzlich müde. Eigentlich wollte ich raus ein paar Schritte gehen. Doch dann klingelte noch einmal das Telefon. Es war nicht die Kollegin, die etwas vergessen hatte, sondern jemand mit einer ganz anderen Sache, die mich bisher noch nicht viel beschäftigt hatte. 2012

Zum Schluss

Bei der Zusammenstellung dieser Geschichtensammlung wollte ich Kontinuität erkennbar machen, einen Weg, auf dem die Menschen, von denen ich berichte, von Geschichte zu Geschichte gehen. Es sind Geschichten aus einem einzigen Leben, auch wenn ihre älter werdenden Protagonisten ganz unterschiedliche Menschen sind. Alle wollen aber doch dasselbe, Liebe, Respekt, Mitleid…, das sie meist nicht bekommen.

Ich habe nun aber den Verdacht, der sich gegen mein eigenes Unternehmen richtet, dass bei der Auswahl der Geschichten am Ende doch die Beliebigkeit das Ordnungsprinzip geworden ist trotz anderer Wünsche von mir. Ich hätte gern eine richtigere Ordnung als diese hier hergestellt und sie beschrieben. Ich hätte sie nur angedeutet, erwähnt, sie erahnen lassen. Aber sie müsste vorhanden sein. Wie eine Religion oder ein philosophischer Entwurf der Deutung von allem. Doch es geht nicht darum, noch eine neue Deutung dessen zu entwickeln, was wir lebenslang und dann gar nicht mehr erfahren. Es wäre auch sehr anmaßend. Die einzelnen Geschichten sind keine Mosaiksteine, nur Steine. Und ein fertiges Mosaik wird nie entstehen, also ein Endbild.